撮影：志鎌康平

サムガールズ

あの子が故郷に帰るとき

じろう（シソンヌ）

目次

お会いしたことのない女性の写真を眺めながら
勝手にその人の人生を綴りました。
貴女は貴女。私も、貴女です。――じろう

第一話『私と一輪車』

一九八四年五月八日。私は福島県の小さな町で生まれました。三歳の頃に山形の鶴岡市に引っ越しました。両親は小さな美容院を営んでいて、美容院の隣には祖父が経営する整骨院がありました。週に一回は母が散髪をしてくれて、祖父のところに遊びに行けば、その都度、体のメンテナンスをしてくれました。そのおかげで、髪が伸びてきて目に入って邪魔だなぁと思ったことは一度もないし、首や肩に違和感を抱えたことのない幼少期を過ごせました。

　小学生時代は一輪車に没頭しました。一輪車に身を捧げたと言っても過言ではないかも。一輪車にどれだけ乗れるか、乗りこなせるかが学校での自分の存在意義に直結していたのです。一輪車に『直立不動』という技があります。その名の通り、一輪車に乗ったまま直立不動を維持するんです。もちろん何もせずに直立でいるのは不可能なので、前に、後ろに、こまめにペダルを漕《こ》いで一見直立した状態を維持するんです。私はこの、前に、後ろに、こまめにペダルを漕ぐことに関しては町内で神童と呼ばれていました。本当にこまめにミリ単位で前後する程度なので、少し遠目から見たら一輪車に乗ったまま本当に直立しているように見えるのです。

　こんな思い出があります。中学二年生の春、いつものようにお店が閉まった後に母に髪を切ってもらっていたら誰かがお店のドアを叩くのです。母が出るとそこには外国人の男性が一人。言葉はわかりませんでしたが、髪を切ってもらえないか、と言わんとしているのはジェスチャーでわかりました。相当焦っているようでした。優しい母は素性もわからない外国人を招き入れ、私の髪を先に切り「終わるまで待ってて」と、伝わるはずのない日本語で伝えました。彼は理解したらしく、母が私の髪を切るさまをずっと見ていました。髪を切り終わり母が私のケープを取ると、彼は「ワオ!」と大声を上げて立ち上がりました。首から下がケープに隠されていたので、私が一輪車に乗っていたことに驚いたようでした。私は髪を切ってもらう時はいつも一輪車に乗っていました。そう、『直立不動』をやりながら。彼は、君はすばらしい、というニュアンスのことをおそらく私に外国語で言い、チケットを二枚くれました。彼は日本を巡業中のロシアのサーカス団員でした。

翌日、彼からもらったチケットを片手に初めてサーカスを見に行きました。そこには私が見たことのない世界が広がっていました。地上から十メートルくらい上に張られたロープを一輪車で渡っているのは紛れもなく彼でした。

遥《はる》か上空で華麗に一輪車を乗りこなし、観客を見下ろす彼は美しすぎてこの世のものとは思えませんでした。ロープの中腹で彼は『直立不動』を披露し、場内は私が今まで耳にしたことのない歓声と拍手が沸き起こりました。そして私に気づいた彼はあろうことか、私に向かって投げキッスをしてくれたのです。投げキッスをファーストキスにカウントしていいなら、私のファーストキスはこの時でした。あの時、確実に彼の唇と触れ合った感覚がありました。彼の想いに応えたいと思った私は名前を叫ぼうと思ったのですが、彼の名前を知りませんでした。でも何かを彼に伝えたいと思ったのでしょう。

私は「ロシア～」と叫んでいました。お腹の底から国名を叫んだのは後にも先にもこの時だけだったと思います。

天井の照明と彼がちょうど重なって見えたのもあったのかもしれませんが、彼は本当に格好良くて、とてもきれいで艶《つや》のある髪をしていました。ああ、あの綺麗で整った髪は、昨日私のお母さんが切ったんだなぁ。彼は今日この本番に臨むためにどうしても昨日のうちに散髪しておきたかったのでしょう。この時、私は決意したのです。

私も美容師になろう。

今思えばあのロシア人に会わなければ今の私はなかったのかもしれません。高校卒業と同時に私は一輪車を置き、上京して美容師の専門学校へ通い始めました。東京では田町に住みました。田舎で育った私には田と町の組み合わせでできた地名は東京一年目に住むにはぴったりのように思えました。下井草、にも惹かれましたがお米が好きだったので、田が付く田町を選びました。

住んでみて三日でその決断は後悔へと変わりました。田町は地名のイメージとは全く真逆の町でした。言い換えるならそう……多魔血、だったのです。歩道を自転車が猛スピードで駆け抜け、鼓膜を破らんばかりにベルの音が鳴り響き、不用意に車道へ降りようものなら容赦なくクラクションの音が私の心臓を突き刺し、駅前では区長を名乗る老人が常にベンチで横になりながら演説をしているのです。母に毎晩泣きながら電話をしました。何度帰りたいと言ったことでしょう。でも母は感情的になる私に、「帰っておいで」と言うことは一度もありませんでした。「うん、うん」と話を聞き、優しく私を諭《さと》すのです。本当に母には感謝しています。母は私が東京でこうなることを、あらかじめ予測していたのかもしれません。母は泣きじゃくって言葉に詰まる私にいつも、吉幾三さんの「俺ら東京さ行ぐだ」を歌ってくれました。

この歌を二人で歌うと自然と笑い合えて幸せな気持ちになれました。母はこの歌が持つ効果もわかっていたんだと思います。今でも仕事がうまくいかなかった時や、何かに悩んだ時、必ずこの歌を歌います。

無事に専門学校を卒業して私は代々木の美容院に就職しました。二十歳でした。朝八時から夕方過ぎまで働き、夜は誰もいない真っ暗な美容院で二十四時までカットの練習。二十四時には絶対にお店を閉めないといけないので、練習が足りない時は、道端で酔いつぶれているサラリーマンの髪をカットしたりもしました。もちろんお代はいただいていません。

日々の努力の成果もあって、私はみるみる力をつけて、同期入店の子たちの中で一番早くスタイリストとしてデビューできることになりました。二十三歳でした。デビューの前の日は眠れませんでした。いてもたってもいられず、酔いつぶれているサラリーマンを探して夜の街を徘徊したことは今でも鮮明に覚えています。不安で不安で仕方なかったのですが、ハサミを持って夜の街を徘徊していると、自然と自信が湧いてきました。今まで自分がやってきたことを信じよう。私がこの多魔血で、いえ、田町で吸収したこと、経験したことを全部ぶつけよう、そう思えたのです。多魔血は田町になったのです。そしてとうとうデビューの日、あの事件は起きました。

私の記念すべき初めてのお客様は菅原さんという方でした。四十二歳で田町で工務店を経営していて、私が深夜の徘徊カットをしている時に知り合ったおじさんでした。山形の方で、山形育ちの私をとてもかわいがってくれて、私がデビューする時は一番に切ってほしい、と二年前から約束をしていました。その日は開店の十時にお店に来てくれて、なんだか私のためにお店が開いたような、そんな幸せな気持ちになりました。菅原さんを席に案内し、髪を洗い、さぁスタイリストとしての記念すべき初カットをしようとしたその時です、自分のハサミがないのです。美容院に就職した時に母がプレゼントしてくれたハサミでした。昨夜手入れをして、自分のポーチに入れたのをはっきりと覚えています。前日の夜中に徘徊した時に持っていたハサミは父がくれたものだったので間違いはありません。自分のロッカーをいくら探しても出て来ません。信じたくありませんでしたが、誰かに隠されたとしか考えられませんでした。トントン拍子でデビューが決まった私を良く思っていない同期がいる、という噂は聞いたことがありました。東京に出て来て五年、やっと自分の夢が叶うこの日に、まさかこんな仕打ちが待ってるとは思いませんでした。

「どすた？」

菅原さんが優しく、東北訛りで声をかけてくれた瞬間、私の中で堪《こら》えていたものが一気に崩壊しました。人目も憚《はばか》らずその場にしゃがみ込み泣いてしまいました。

「どすたのさ綾ちゃん。おれのあだまくさがったが？」

この言葉を最後まで聞いていたか記憶ははっきりしていません。言い終わる前にお店を飛び出していたような気もします。でも菅原さんの言葉が耳の奥に温かく残っていたのは覚えています。

無我夢中で走った私は歩いたことのない街にいました。住宅街の中にある小さな公園が目に止まりました。ベンチに腰掛け、携帯を見たらお店からの着信が三十六件。かけ直す気も戻る気も起きなくなる件数。これからどうしようか呆然としていると、公園の片隅に乗り捨てられた一輪車が目に飛び込んできました。迷い込んだ霧に覆われた森の中に射す一筋の陽の光とでも言いましょうか、あの時の私にはあの一輪車がそんなふうに見えたんです。光に導かれるかのように私は一輪車の前に立っていました。私の周りには一輪車を大事にする人しかいなかったので、こんなにひどく汚れた一輪車を見たのは初めてでした。

そっと立てて、何年か振りに一輪車に股がりました。

霧が晴れてひとつの答えが見つかったのです。そう、直立不動をしながら。

田舎に帰ろう。

気がついた時、私は一輪車に股がり東北自動車道の入り口にいました。ゲートの係員のおじいさんは私に気づいていません。一瞬の目を盗んで私は東北自動車道へ飛び込みました。「痛っ!」。ゲートが上がるはずはありませんでした。私の一輪車にETCは搭載されていないのですから。東京が私を山形に帰すまいとしているように思えました。道路に這《は》いつくばりながら、ああ私はこのまま車に轢《ひ》かれて死ぬんだ。どうせ轢かれるなら東北ナンバーの車がいい。この体勢で轢かれたら子どもの頃よく見かけた干涸《ひから》びた蛙みたいになっちゃうんだろうな。そんなことを考えていると一台の車が私の足下に停車しました。バタンとドアが閉まり、車から降りる足音が聞こえました。足の着地音の大きさから、なかなかの高さから降りたのがわかりました。トラックだろうなぁ、と顔の全面でアスファルトの生暖かさを感じながら思いました。

「大丈夫が？」

聞き覚えのある東北訛りの声が私の体を起こしました。誰なのか確認する前に両方の目と鼻から涙が溢れてきました。菅原さんだ。

顔を上げて振り返ると全く知らないおじさんでした。菅原さんだと勘違いしたことへのショックと、見ず知らずの東北訛りのおじさんの優しさのせいで私の感情はもう手がつけられない状態になっていました。

「どこまで行きたいの？」

「山形に帰りたい……」

「乗せでぐよ」

そう言うと、おじさんは私と一輪車をトラックの荷台に乗せてくれました。乗り込む際、ナンバープレートが山形ナンバーなのを見てまた涙が溢れてきました。私と一輪車を乗せたトラックは東北自動車道を走り出しました。ここで私の東京の生活は終わりを迎えました。不思議と寂しさがこみ上げてきました。

「さよなら。そしてありがとう。東京」そう心の中でつぶやきました。

直立不動をしながら……。

荷台で揺られること数時間、鶴岡で降りたいと言い出せなかった私は酒田市に着きました。しばらくおじさんが勤める運送会社でお世話になりました。肉体労働は初めてでしたが、あそこで過ごした五日間は東京で傷ついた私の心を癒やしてくれるのに充分でした。飛び交う山形弁、一日三食出る芋煮、休憩時間の玉こんにゃく投げ。今でも昨日のことのように思い出せます。いつまでもここのお世話になる訳にはいかないなぁ、と思ったタイミングで母から電話がかかってきました。美容院の店長から事情を聞いた母は、東京の部屋を引き払ってくれていました。そして「早く帰っておいで」とだけ言ってくれました。私は五年振りに鶴岡に帰ることにしました。

鶴岡に帰ってから私は実家の美容院を手伝いながら、亡くなった祖父がやっていた整骨院を改築し、そこで町の子どもたちに一輪車を教えることにしました。この町と一輪車に何か恩返しがしたい、そう思ったんです。始めた当初は、生徒は四、五人でしたが、十年経った今では常時五十人はいます。延べ一六八四人の子たちに一輪車を教えてきました。今ではすっかり鶴岡は一輪車の町になりました。二年前には、ＷＳＷ（世界一輪車機構）から一輪指定都市にも認定されました。年に一度の鶴岡祭りでは、首から下がケープに隠された子どもたちが一輪車でパレードをするのが名物になり、毎年たくさんの観光客が訪れます。

今年の二月、私宛に小包が届きました。差出人は不明。開けてみると、中身はハサミでした。そうです、スタイリストデビューのあの日、なくなった私のハサミです。手紙もメッセージも添えられていませんでしたが、この十年間丁寧に手入れされていたのは手にした瞬間わかりました。それだけで充分相手の気持ちは伝わりました。

母は今年で六十七歳になりますが、今でも現役でお店に立っています。私も十年振りに返ってきた母からのプレゼントのハサミを片手に、お店を手伝っています。今年の十月には念願だった自分のお店も完成します。一輪車に乗りながらお客さんの散髪をするお店にしようと思っています。

お店の名前はもちろん、『直立不動』です。

第二話『母と別れて三千里』

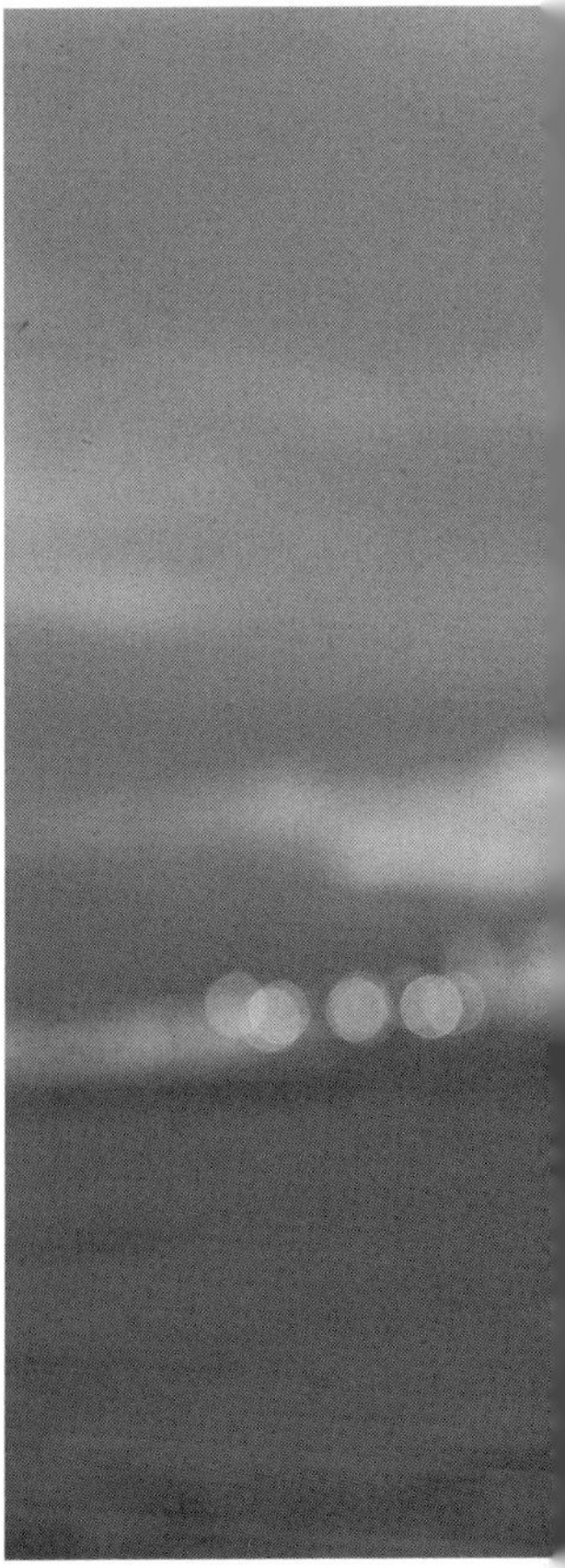

一九八九年十二月十三日、私は父・武郎、母・育子のもと、三人兄弟の末っ子として千葉で生まれました。両親は上の兄二人の子育てには相当苦労したらしく、一番下の私は、ほぼほったらかし。そのおかげで自由奔放に育ったんだと思います。

私は近所では有名な失踪癖のある子だったそうです。もちろん私的には失踪しているつもりはありません。ちょっとお散歩、くらいの感覚だったのです。

真っすぐな道があったらそれがどこまで続いているのか、ただただ知りたくなる、そんな子だったんです。いなくなる度に犬を一匹連れて帰ってくるので、一時期わが家には大小さまざまな犬が八匹いました。

多分三歳か四歳の頃だったと思います。母が突然いなくなったのは。

それに気づいたのは十二歳の時でした。自分がよくいなくなるので、誰かがいなくなってもなんとも思わないのです。犬がいすぎたのも原因かもしれません。たまたま会えていないだけで、母は家の中のどこかにはいるんだろうなと思っていました。終わりのない、かくれんぼをしているような感覚だったんです。なんなら私が母から隠れているくらいに思っていました。どれだけ会えずにいられるものか毎日わくわくしていました。なので母は隠れてる訳ではなく、出て行ったんだと知らされた時はさすがにショックでした。

どこに行ったか、なぜいなくなったか、父は一切教えてくれませんでした。

私の小中高時代は母がいないまま終わりを迎えようとしていました。多感な年頃に母親がいないのは辛かったでしょう、とよく言われるのですが、辛かったに決まってます。寂しかったに決まってます。犬がいすぎたおかげで母がいないことに耐えられたのもあると思います。母がいなくなってから私は全く失踪しなくなりました。突然いなくなるということは相手にこんなに辛くて悲しい思いをさせるんだと知ったからです。

母はもういないんだ、私が将来母親になった時は自分の子どもには絶対にこんな思いをさせない。そんな高校生らしからぬ覚悟を決めた十七歳の誕生日の夜に、私宛に宅急便が届きました。人生で初めての私宛の荷物でした。開けてみると厚手の民族ものっぽい敷物が入っていました。折り畳まれた敷物を広げてみると、中からCD－Rが一枚。誰からなのかは不明でしたが、きっと私宛てのプレゼントなんだろうなと思いました。CDをプレイヤーに入れてかけてみると、昔っぽい曲が流れ始めました。何の曲かはわかりませんでしたが、歌が始まった瞬間視界が真っ白になりました。

母の声でした。

十数年振りだったと思います。でも間違いなく母の声だと確信が持てました。すぐ父と兄に聴かせました。父は目を瞑《つむ》って曲を聴き、一番が終わったところでつぶやきました。

「十七歳だ」

十七歳という曲のようでした。私の十七歳の誕生日に母が自分で歌った「十七歳」（作詞：有馬三恵子／作曲：筒美京平）を送ってきてくれたのでした。

「私は今生きている。私は今生きている」

サビのここの歌詞を聴いた時、嬉しいでも悔しいでも悲しいでもない、当時の私には説明できない感情の波が押し寄せてきて涙が止まらなくなりました。割合で言ったら嬉しい六、悔しい三、悲しい一、くらいの割合だったと思います。悔しい、の感情は母の歌があまりうまくなかったことが原因だと思います。

でも、母は生きている。私の誕生日を覚えてくれている。それが本当に嬉しかったのです。私は高校を卒業して、大学に進学。母からの連絡も十七歳以降途絶えました。どこにいるのか、何をしているのかも全くわかりません。唯一の手がかりは母から届いた厚手の敷物でした。お母さんの手作りなんだろうなと勝手に想像していました。

就職先に悩んでいた二十一歳の冬、部屋で敷物の上で寝てしまった時、不思議な夢を見ました。

私はジャングルを彷徨《さまよ》っていました。聞き慣れない言葉がジャングルの中に響き渡ります。木陰に隠れて振り返ると、褐色の肌をした外国人、百人くらいが銃を持って私を探しているのです。一対一〇〇です。絶対に逃げ切れないと諦めかけた時、声がしました。

「こっち!こっち!!!」

振り返るとそこには白い小猿がいました。小猿がまた言います。

「こっち!」

日本語なのですが、こっち、ではなく、KOTTI、の感じでした。片言の日本語を話す白い外国小猿だったのです。

小猿に導かれるがまま、私は無我夢中でジャングルの中を走りました。よっぽど慌てていたのでしょう、小猿と同じく四つん這《ば》いで走りました。

辿り着いた先には大きな工場がありました。その頃には小猿はキーキーとしか言わなくなっていました。古い鉄格子の扉を開けると、なんとそこにはマラカスを持った母がいました。母はマラカスを振りながら小躍りを披露し、私に向かって「オラ!」と言ったのです。そこで目が覚めました。

夢で見た地はどこだったのか。なぜ母に罵倒《ばとう》されたのか。考えても考えても答えは見つかりませんでした。母が送ってくれた敷物に何かヒントがあるんじゃないかと思い、敷物を手に取って隅々まで細かく見てみました。

「あ−!−!」

私はとうとう気づきました。気づいた時、頭の中にファミコンの『さんまの名探偵』の重大な発見をした時にだけ流れるあの恐ろしい音が流れました。そうです、あの、デゲデンデン、デーレーレーレーレーレー、デレデレデンデンデン！

です。あの時のさんまさんの顔は今でもトラウマです。私が敷物だとばかり思っていたものは、なんとポンチョだったのです。

歪んだ円形の民族ものっぽい敷物だとばかり思っていましたが、よく見ると真ん中に穴が空いていたのです。私は母とポンチョに、ごめんね、と心の中で詫びながら、初めてポンチョをポンチョとして扱いました。

「行くのか」

振り返るとそこには父がいました。私は父の姿を見て固まりました。父はソンブレロを被っていたのです。父の後ろから兄二人も顔を出しました。武仁兄さんはギター、雅仁兄さんはマラカスを持っていました。

「全部お母さんから？」

「そうだ」

「うん」

「そう」

三人が同時に答えました。母がメキシコにいることは明らかでした。父は再び私に問いかけました。

「行くのか？」

私は何も言わず頷きました。

この日の夜、私たちはギターとマラカスの音に身を任せ、泣きながら踊り明かしました。八匹から二匹に減った犬たちも何かを感じ取ったかのようにギターの音色に合わせて遠吠えをしていました。

ある時期から家庭内が妙にギクシャクというか、みんな何かを我慢しながら生活している感じはありました。それがこの日を境になくなったことを今でも覚えています。そして大学四年の夏、私はついに母を求めてメキシコへと旅立ちました。

メキシコに着いて私はあてもなく母を探し始めました。まずコヨアカンという露店がたくさん並ぶ地域へ行き、ポンチョを見せ、どこで作られたものか聞き込みを始めました。するとまさかの一人目のおばさんが明らかに知ってる反応を見せました。何を言っているかはわかりませんが、とにかく私は日本人であるということだけを伝えました。日本人だとわかってもらえたら優しく扱ってもらえるような気がしたんです。

「ヨソイ、ハポネサ！　ハポネッサ！」

私が言ったことを理解したらしく、露店から少し離れたところにある小さな家に私を連れて行ってくれました。道中突然マリファナをすすめられたのかと思ったら、マリアナ、と自己紹介をしてくれていただけでした。マリアナさんがドアを開けると家の中にはおばさんが三人いました。マリアナさんが一人のおばさんにスペイン語で何かを話すと、その人から思いもよらない言葉が返ってきました。

「こんにちは。日本人なの？」

なんとこんなメキシコの地に日本人の方がいたのです。一番の問題と思っていた言葉の壁が早くもクリアされたのです。

「はい！　日本人の方ですか？」

「ええ。ポンチョを仕入れに来たんですって？」

マリアナさんは私がポンチョを仕入れに日本から来たと勝手に勘違いしていました。

「いえ、違うんです。実は、人を探してて」

「あら……。残念だけど、ここで行方不明になった人は滅多に見つからないわよ」

　この答えを聞いて浮き足立った私の気持ちは一気に冷めました。そうです。ここはメキシコなんです。私は自分がマリアナさんにハポネサハポネサ連呼したことが急に怖くなりました。海外で日本人は犯罪の格好の的《まと》だと何度もテレビで見たことがあります。もしかしたらこの日本人のおばさんは日本人観光客を狙った犯罪組織の一味で、日本人を油断させる役割を与えられている人なんじゃないか、と突然信用できなくなってしまいました。

「探しているのはお友達？」

「………」

「いつメキシコに来たの？」

「………」

　私は自分の情報をこれ以上言うのは危険な気がして、何も話せなくなってしまいました。私の急な豹変ぶりを見て、マリアナさんは日本人のおばさんに何かを話し始めました。ちょっと怒っているようにも見えました。私をどこに売り飛ばすか、人質にする価値はあるか、そんな話をしているように聞こえました。

　なんとかこの場を逃げ出さないと、そう思っていると、私の肩に何か気配を感じました。顔を横に向けると白い小さな塊が視界に飛び込んできました。

「キャー！！！」

私は悲鳴を上げて自分の左肩に乗った白い塊を振り払いました。

「キー！！！」

「キャー！！！！！」

「キー！！！！！」

「……キャー！！！！！！」

私は何が起こったのかわからず、耳に入ってくる高い音にひたすら高い音で返す、という理解不能な行動を取りました。

「大丈夫よ！　落ち着いて」

日本人のおばさんの声でやっと冷静になりました。白い塊は小猿だったのです。

小猿……？

そうです！　あの夢で見た小猿です。すべてが繋がった瞬間でした。

「もしかして、お母さん……？」

「え？……もしかして……真理子？」

思い描いた再会とはだいぶ違いました。私は会った瞬間お互いがお互いだとわかり、涙し、抱き合い、泣きながら言葉にならない言葉のやり取りをするつもりでいました。が、実際は約二十年振りに再会したのにお互いのことはさっぱりわからず、小猿がきっかけで一か八か聞いてみて気がつくというものでした。

それからしばらくメキシコで母と暮らしながら私はポンチョの作り方を教わりました。母はメキシコでも有名なポンチョ職人になっていました。一度だけ「一緒に日本に帰ろう」と言ったことがあります。母は部屋に貼られたアントニオ・バンデラスのポスターを眺めながら何も言いませんでした。

一度だけ「何で家族を置いてメキシコに来たの？」と聞いたことがあります。その時も母はバンデラスのポスターを眺めながら何も言いませんでした。その時、私は決意しました。

ひとりで帰ろう。

帰る日の朝、母は私に手紙をくれました。そして別れ際にこう言いました。

「ポンチョを、東北へ」

寒い地ならポンチョが流行《はや》る、という意味だったのか、被災して困っている皆さんへポンチョを届けなさい、の意味だったのか、真意はわかりませんが母の言葉をしっかりと受け止め私は空港へ向かいました。

空港に着くと荷物の影からアメデオが飛び出してきました。あの白い小猿です。私はアメデオと名付けてかわいがっていました。別れが辛いので会わずにこっそり帰ろうと思っていたのですが、アメデオはそれを察してか私の荷物に忍び込んでいたのです。

着ていたポンチョの陰にアメデオを隠して私は飛行機へ乗り込みました。帰りの飛行機の中で母がくれた手紙を開けてみました。

「ポンチョを東北へ」

と書かれていました。母が私に伝えたいことはこれ以外になかったようです。私はアメデオとともに遥か三千里先の日本へ帰るのでした。

日本に着いてすぐアメデオは没収されました。許可なく日本国内に持ち込んではいけない小猿のようでした。薄々没収される覚悟はできていたので私はそこまで動揺しませんでした。メキシコ～東京間の機内に潜り込めたことが奇跡だったのです。

日本に帰ってから私は東京でポンチョの会社を立ち上げましたが、ポンチョのみを扱う店が流行る訳もなく、一年半で閉店。でもその間にポンチョのみを扱う変な店、というくくりでテレビの取材が何度か入り、そのおかげでタモリさんに会えました。ポンチョがタモリさんに会わせてくれたんです。一生の思い出です。

私は東京での成功をつかめず途方に暮れていました。夜のやってはいけない仕事をしようかと思ったこともありました。でもそんなのポンチョに失礼になる！と思いとどまりました。でも働かないことにはどうにもなりません。せめてポンチョの要素を、とヒスパニック系の女性が働く夜のいけないお店に面接に行きましたが、「君は日本人。ポンチョ、羽織ってるだけ」と門前払いされました。いよいよどうしようもなくなっていた時、知らない番号から一本の電話が入りました。山形のニット会社からでした。

「タモリさんの番組を見ました。ポンチョを編む技術を是非教えてもらえませんか」とのことでした。

山形なんて行ってもな、と思っていたのですが、母の言葉を思い出しました。私はすっかり忘れていたのです。

「ポンチョを東北へ」

「時は来た!」。はっきりと口に出して言ったことを覚えています。私は依頼を受けて山形の寒河江《さがえ》市へ移住することにしました。

ポンチョ作りを教える傍ら、私もニット製品の製作工程をたくさん学ばせてもらいました。セーターやマフラーを編んでいても、集中し過ぎると無意識にポンチョに作り替えてしまい何度も叱られました。今はポンチョ部門の顧問として山形だけにとどまらず、福島、宮城にもポンチョを普及させようと日々頑張っています。

先日何年か振りに母から荷物が届きました。開けると中には今の私の技術では絶対に編めない、精巧でそれはそれは美しいポンチョが折り畳まれて入っていました。ポンチョを広げると中にはDVD-Rが入っていました。時代の変化に母はちゃんとついていってるようでした。DVDを流してみると、母が巨大なポンチョを広げながら、ジュディ・オングの「魅せられて」を歌っている映像でした。よく見ると母の肩にはアメデオが乗っていました。無事日本から送り返されたのか、それともアメデオに酷似した別の小猿だったのかは、私にはわかりません。後ろのほうではマリアナさんがマラカスを持って踊っていました。最後に母はカメラに向かって一言、こう言いました。

「Ｈｏｌａ！（オラ！）」

自分が納得できるポンチョが作れたら、またメキシコへ行って母にプレゼントしたいと思っています。

今ちょうど父から電話がきました。実家の犬は一匹になったそうです。

第三話『私のばあば。私はばあば』

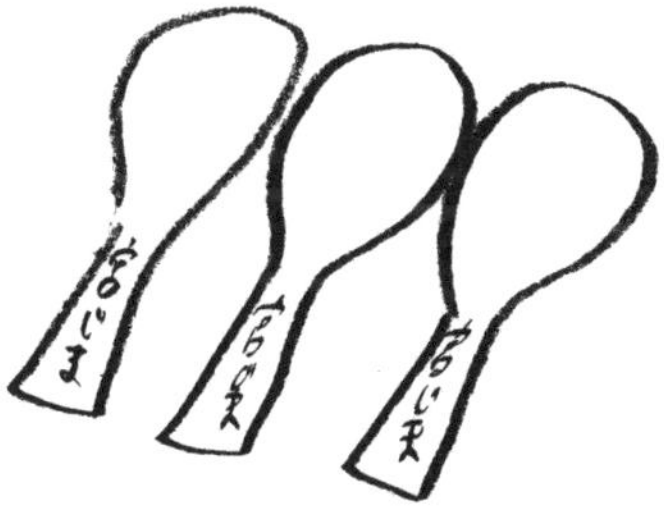

故郷に帰ることを決意したタイミングでこのお話をいただきました。自分の記憶なのかどうなのか、割とごっちゃになることが多かったのでちょうど良い機会なのかもしれません。なんで私に？　とは思わなかったんです、不思議と。すんなり受け入れられたんです。これもきっと、ばあばが望んだことなんだろうなって。

さてさてまず私の話をしちゃいます。一九八二年（ほんとは伏せたいです笑）十二月十八日、鹿児島県の指宿市で生まれました。読めますか？　いぶすき、と読みます。テレビ番組の漢字クイズで何度か出て、最近は読める人も増えてきたと市内の人は喜んでいます。温泉が有名な街です。最近、アダムちゃんという、ゆるキャラが一部のコアな方々に人気なのですが、ご存じですか？

いぶすき→いぶが好き→イヴが好き→アダム、ということだそうです。残念ながら地元の人間からは全く愛されていません（笑）。もし観光に行くことがあったら、温泉とアダムちゃんをぜひ堪能してってください。

うちは地元ではちょっとだけ有名な大家族で、家族構成は父と母、で、こっからがすごいんです。上から姉、兄、姉、兄、姉、私、妹。私は七人兄弟の下から二番目になります。「美和が男だったらちょうど女、男、交互になったのに」と、お父さんが近所の人と話しながら笑っているのをよく耳にしていました。今思えばなんてことない、ただのお父さんの笑い話みたいなものだったんでしょうけど、未だにこんなにはっきり覚えてるということは、私にとっては何かしらのダメージにはなっていたんでしょうね。

勝手に家の中での自分の居場所を失った気になっていたので、よくばあばの家に遊びに行っていました。週末は、ほぼ毎週ばあばの家に泊まりに行っていました。

ばあばは私の家から自転車で十五分くらいの所に住んでいました。一面すいか畑の間の、人がやっと一人通れるくらいのあぜ道を自転車で走るんです。小さい頃はこの道が怖くて仕方ありませんでした。

忘れもしません、一九九二年の八月十四日です。自転車で大きな石に躓《つまづ》いて転んだ拍子《ひょうし》に畑に落ちて頭ですいかを割ったことがありました。大きなたんこぶができて大泣きしましたが、ばあばは私の頭で割れたすいかを「美和の頭で割れたすいかだから特別甘くておいしいね〜」と嬉しそうに食べてくれました。ばあばはいつもだるだるのランニングシャツを着ていたのでおっぱいが丸見えで、私はその光景を見て、痛みを忘れて泣きながら笑いました。

あの日から、私はばあばみたいになりたい、と思うようになりました。

じいじは私が生まれた時にはもう亡くなっていたので会ったことはありません。ばあばの家に遊びに行くとまずお線香をあげさせられます。ばあばは、お鈴の鳴らし方が独特で、高速で三回鳴らすんです。ちんちんちーんって。みなさんが想像する倍の早さだと思ってください。本当に早いんです。情緒も何もないんです。そして鳴らした後、じいじに何かを語り始めます。それがまた長いんです。みなさんが想像する十二～三倍の長さだと思ってください。語り始めた時は正座してたのに、語り終わる頃には横になってるんです。じいじがどんな人だったかはわからなかったけど、ばあばにとって本当に大切な人なんだろうな、と幼いながらに理解はできました。語りかけるばあばを横目で見ると、いつもだるだるのランニングシャツの横からおっぱいが丸見えでした。私はばあばの横から見える大きなおっぱいが大好きでした。

ばあばの思い出話で終わっちゃいますね（笑）。子どもの頃の思い出はほとんどばあばとの思い出なんです。

十歳の時、ばあばが亡くなりました。私にとって初めての「死」というものでした。夏の暑い日、農作業中に突然倒れてそのまま。私はその時、体育の授業中で、キックボールをしていました。私が打席に入って、転がってきたボールをキックしようとした瞬間、ばあばの声がしたんです。「美和ちゃんがんばれ〜」って。その声にびっくりして私は空振りをして派手に転んで頭を強く地面に打ってしまって脳しんとうを起こしてしまいました。

目を覚ました時には家にいました。頭の痛みとたくさんの人の足音と床の揺れで起きました。体を起こして、大人たちをかき分けて進んだ先には、いつもと変わらないばあばがいました。眠っているみたいでした。

私の家で横になっているばあばは、私にはとても居心地が悪そうに見えました。泣きながらお父さんに「ばあばの家で眠らせてあげて」と言ったことを鮮明に覚えています。その日の夜、横になったばあばと、ばあばの家で二人きりにしてもらいました。

私の頭にはすいかを割った時と同じ位置に大きなたんこぶができていました。たんこぶを触りながら、ばあばがすいかを「おいしいおいしい」と言って食べていたあの日のことを思い出しました。たんこぶを触って痛みを感じる度に、「ばあばが忘れないでね」と言ってるような気がしました。

私はばあばをいつでも独占したかったので、家族がばあばの家に遊びに行こうとするのを、あの手この手を駆使して阻止していました。そのことをばあばに謝りました。ごめんね、ばあば。私だけじゃ寂しかったねって。ばあばの優しい寝顔は、そんなことないよ、美和がいてくれて楽しかったよ、と言ってくれているような気がしました。

初めてじいじのことを考えたのもこの時でした。どんな人だったんだろう。ばあばとはどうやって知り合って、どんなふうに暮らしていたんだろう。何歳で亡くなったんだろう。じいじのことを考えれば考えるほど、ばあばが誰もいないこの家でどんな気持ちで一人で過ごしていたのかが思いやられて、また涙が溢れてきました。

今まであげさせられていたお線香を初めて自分であげました。マッチの付け方、お線香のあげ方、お鈴の鳴らし方、全部ばあばの真似をしてやってみました。じいじにばあばのことをたくさん話しました。気がついたらじいじの仏壇の前で私は横になって眠っていました。

夢を見たんです。浅黒い若い男の人と畑で楽しそうに談笑していました。男の人は多分じいじの若い頃だったんだと思います。私を〝きよ〟、とばあばの名前で呼ぶんです。私とじいじが縁側で冷や麦を食べていると一人の女の子が泣きながらすいかを持ってきました。

その子は紛れもなく私でした。ばあばが見る夢を私が見ていたんです、と言えばわかりやすいんでしょうか。

目が覚めた時、私は横になりながら、ばあばのおっぱいの上に手を置いていました。初めてばあばのおっぱいに触ったのがこの時だったんです。多分この日から私ひとりの人生じゃなくなったんだと思います。私は私であり、ばあばでもあるんです。

なんのことかわかりませんよね（笑）。

私のばあばみたいになりたい、という思いが強すぎたのか、ばあばが私ともっと一緒の時間を共有したいと思ってくれたのか。乗り移った、という表現はあまり好きじゃないので使いたくないのですが、わかりやすく言うのならそういうことなんです。私には、私の時間、と、ばあばの時間、が存在するようになったんです。

中学の頃、霊感の強い沖縄出身の子が同じクラスにいたのですが、私を見て、「おっぱい丸出しのおばあちゃんがいる！」と騒いだことがありました。その子には私がばあばに見えたと言うんです。

こんなこともありました。高校卒業間近に卒業アルバムが配られたのですが、その日にすぐ一時回収されるという事件が起きました。私の個人写真にだるだるのランニングを着ておっぱいが少しこぼれたお婆ちゃんが写り込んでいたそうです。しかも私の背後じゃなくて前だったそうなんです。ばあばの写真に私が写り込んでいる感じって言えばわかりやすいですか（笑）。

心霊写真というにはあまりにもはっきりと写っているし、私の前に立っているので、卒業アルバム制作委員会の子たちが全員呼び出されて、誰がこんないたずらをしたんだと先生たちに数時間詰められたそうです。もちろん誰もそんないたずらはしていないんです。卒業写真を撮ったその日の私が、ばあばの日だった、ということなんだと思います。

高校を卒業してしばらくは実家の農家を手伝っていたのですが、気がついたら箱根の小さな旅館で働いていました。信じられますか？　どういう経緯で箱根に行ったのか、そこで働き始めたか、全く記憶がないんです。我に返った時、私はだるだるのランニングにもんぺを穿《は》いていました。すぐに、あ、ばあばだったんだなと気づきました。ブラジャーは辛うじて着けていました。ブラジャーを着けていてあんなにほっとしたことはありませんでした（笑）。

あんなに長い時間ばあばでいたのは後にも先にもこの時だけです。お父さんに聞いたらばあばとじいじは箱根で旅行中に知り合って恋に落ちたんだそうです。思い出の地にもう一度行ってみたかったんだろうな、と思ったら怒る気にはなれませんでした。

旅館で私は人気者でした。正確には私じゃなくてばあばがっていうことなんですけど。ばあばは携帯も使いこなしていたらしく、メールの送信履歴を見たら色んな人と毎日たくさんメールのやりとりをしていました。やたらとすいかの絵文字を使っていたのがもうかわいくてかわいくて（笑）。

私はいつ私が私でいられたかを把握するために、毎日日記をつけることにしました。もし空白の時間があったらそこが私がばあばでいた時間になると思ったんです。

二〜三カ月、私でいる時間が続いた時期がありました。ばあばはもう箱根でやりたいことはないのかなと思いました。お世話になった女将《おかみ》さんに旅館を辞めて故郷に戻る旨を伝えました。帰る日の朝、箱根での最後の日記を書こうと思って日記帳を開いたら驚きました。

宮島に行きたい　きよ

と書かれていたんです。前の日の夜までは何も書いてなかったはずです。ちょうど指宿に帰る途中に広島は通るし、私は宮島に行くことにしました。私はばあばが満足するまで私の体を貸してあげようと思いました。ばあばとずっと一緒にいられるような気がして嬉しかったし、自分の人生がばあばの人生の一部になれると思ったんです。ばあばが他の家族の誰でもなく、私を選んでくれたのも誇らしいというか。そんなふうに思いました。

新幹線で広島に着き、そこからフェリーで向かうことにしました。フェリーで眺めのいい席に座って久しぶりの潮風を感じながらうたた寝をしてしまいました。


ここまではっきり覚えているんです。でもこの後、私はまたばあばになったようなんです。

怒鳴り声で我に返りました。何が起きているのか全くわかりませんでした。

目の前には神主さん。神主さんって怒らなそうなイメージがありませんか？　声を荒げる神主さんを私は初めて見ました。よっぽどのことをばあばはしたんだなと思いました。言い訳をするのをしばらく我慢して、お説教に耳を傾けました。ここが厳島《いつくしま》神社だということ、ばあばは巫女《みこ》さんのアルバイトとしてここにいることがわかりました。そして巫女さんの格好をしないでランニングともんぺでうろうろしていたことが神主さんの怒りの引き金になったこともわかりました。私は怒られながらも、ばあばのその姿を想像して思わず笑ってしまいました。実際にそんな格好でうろついていたのは私なのですが。神主さんに、見た目は確かに私なんですけど、実際はばあばなんです、なんて事情を話してもわかってもらえるはずもないので、私はしばらく神主さんの怒りに身を任せました。人生で一番長い時間叱られたと思います。

翌日、久しぶりに父に連絡をしました。「厳島神社で巫女をしている」と言ったら三〜四回聞き返されました。まさか久しぶりに連絡してきた自分の娘が巫女をしているなんて思いませんもんね。話の流れで「ばあばと厳島神社ってなんか関係あるの？」と聞いたら、じいじとばあばはここで結婚式を挙げたとのことでした。ばあばが厳島神社に来たがった理由がわかりました。

巫女のアルバイトはこのあとすぐクビになりました。巫女ってクビになることがあるんだな、というのがまず率直な感想でした。神主さんは怒って口をきいてくれませんでしたが、神主という神聖な職に就いた人間に「無視」という行動を取らせるばあばの豪快さが、私にはとても心地良かったです。

もう宮島ですることも特にないので指宿《いぶすき》に帰ろうかと思ったのですが、神主さんの奥さんがとても親身になってくれる方で、「もんぺとランニングで働ける仕事があるよ」と働き口を紹介してくれました。杓子《しゃくし》を作る工房でした。

なんてことない仕事ならお断りさせてもらおう、と思っていたのですが、私は自分の中で頼りになる技術も知識もなかったので、杓子を作る技術を身につけたいと思い、その工房にお世話になることにしました。

杓子工房で私は夢中になって働きました。木の削られる音、木屑の匂い、細かい地道な作業で一つの作品が出来上がっていく過程、全部が私に合っていました。日記帳も毎日とはいきませんでしたが、割とまめに書き続けました。ばあばの時間はほとんどありませんでした。私だけの時間を過ごすのはばあばに申し訳ない気もしたのですが、ばあばがやっと私がちゃんとした職に就いて日に日に進歩していく姿を見守ってくれている時間のようにも感じました。

これが本来の普通の人間の暮らし方なんですよね。

工房で八年働きました。お師匠さんから独り立ちしてもいいと言っていただけました。

これだけ私の時間が続いているということは、ばあばもきっと指宿に帰りたいと思っているでしょう。私は工房を辞めて帰ることにしました。

帰る前の晩のことです。洗面台の前で顔を洗い、見上げると、鏡の中にはばあばがいました。一瞬のことだったんで記憶は曖昧なんですけど、私がばあばの姿になって映っていたと思います。あまりに突然のことだったので、私は「きゃあっ！」と声を上げて飛び上がり、後ろの壁に頭を強くぶつけてしまいました。痛みで頭を抱え込んで、恐る恐る立ち上がって鏡を覗いてみたら、普通の私が映っていました。久しぶりに見たばあばに驚いて悲鳴を上げてしまったことがなんだかショックでした。私が驚かなかったらお話できたのかなとも思いました。

翌朝何げに頭を触ったら痛みを感じました。前の晩にぶつけた箇所にたんこぶができていました。そうです、すいかを頭で割った時にできたたんこぶと同じ箇所に、です。

指宿に着くまでの電車の中で何度も何度もたんこぶを触りました。忘れないよ、忘れないよ、と心の中でつぶやきながら。指宿の駅に着いてしばらくしたら、私はばあばの家にいました。この時の、ばあばの家に着くまでの感覚が今までにない感覚だったんです。駅に着いたのははっきりと覚えてるんです。そこからすごくぼんやりというか、自分の目に映る景色も覚えているのですが、私が私の視界にもぼんやり映っているんです。何か会話をしたこともうっすら覚えてるんです。

きっとばあばと一緒に帰ったんです。

指宿に帰ってきてもうすぐ一年になります。今は飲食店のお手伝いをしながらお金を貯めています。いずれは指宿で杓子工房を開きたいと思っているんです。

帰ってきてからは、ばあばになる時間は全くなくなりました。でも街を歩いていると、知らないおばあちゃんから挨拶されたり、家に招かれてご飯を御馳走になったりするんです。もう私がばあばなのかもしれません（笑）。

最後に。良い写真が撮れたのでお願いして載せさせてもらいました。

ちょうど私半分、ばあば半分の時の写真なんです。この時のことは割とはっきり覚えてて、一緒に写真を撮ろうって私が言ってみたら、恥ずかしいから嫌だってばあばが答えたんです。プロの人に撮ってもらうことなんてないんだし、せっかくなんだしいいから、って。

カメラのシャッター音が鳴った瞬間、恥ずかしかったんでしょうね。お鈴がちんちんちーんと高速で鳴りました。みなさんが想像する倍の早さでですよ。
今年もばあばの畑からたくさんすいかが採れました。
誰が作ったのかはわかりません。
そこはみなさんのご想像にお任せしますね（笑）。

第四話『ギターに出会って変わった私の人生』

一九八三年の三月二十一日、私は山梨県の甲府市で生まれました。

どんな幼少時代を過ごしたのか、思い出して書きたいのですが書けないのには理由があるんです。

中学二年生の頃、十四歳でギターと出会いました。

その衝撃があまりにも大きすぎたからなんでしょうか。それ以前の記憶が一切なくなってしまったんです。ギターを手にした瞬間、頭の中が真っ白になって私の新しい人生が始まったんです。「今おいくつですか?」と聞かれて、ギターに出会ってからの年齢を答えてしまうのはそのせいなんです。

戸籍上は現在三十四歳らしいのですが、感覚的には二十歳なんです。


〈歌〉

年齢なんて誰が決めたの? 私の年齢は私が決める
思った年齢言ってみよう。それがあなたの、私の年齢
私は二十歳（はたち）私は二十歳（はたち）

ごめんなさい、歌っちゃいました。あの日から私は片時もギターを離さなくなりました。学校に行く時も、寝る時も。お風呂には入りません。ギターが濡れるから。濡らした手ぬぐいで体を拭くので充分なんです。髪は、ギターを背中に背負って水道で洗います。修学旅行のバスで先生が「誰か犬を連れ込んでないか？」と問いかけてきたことがありました。獣の匂いがする、とのことでした。

多分原因は私でした。が、私の前に座っていたクラスで一番毛量が多い雰囲気の茂田君が疑われていました。前の座席からひょっこり出ている虫が迷い込んだら二度と逃げ出せなそうな茂田君の髪の毛に心の中でごめんねと謝ったことは未だに思い出します。

高校の時は必ず部活に入らないといけないので、テニス部に入りました。ギターを持ちながらテニスをするのはなかなか困難だったので、二年生の頃にはラケットを置いてギター一本でテニスをするようになりました。もちろんギターで球を打ち返すようなことはしません。コートで歌うんです。

球を打ち返すだけがテニスじゃないんです。

ほんと最近になって気づいたのですが、ギターとの出会いが私を既成概念に囚われない自由な人間にしてくれたんです。

高校在学中、市の交換留学プログラムの支援を受けて私はハンガリーに留学しました。ハンガリーでも私は毎日ギターを持ち歩きました。日本ではギターを持って歩いていても話しかけられることはほとんどありません。視線は感じるのですが、私がそっちを見ると大体の人は目を逸らします。ですがハンガリーでは、たくさんの人に話しかけられました。大体の人が何か一曲弾いてくれと言ってきます。ハンガリーでは人と触れ合うことの楽しさを知り、色んな人の前で物怖じせず歌う勇気が身に付いたと思います。

ギターがあればどこの国でも生きていける。

そう思えるようになったのもハンガリーに行ってからだと思います。高校卒業を間近に控えて帰国の時が迫っていましたが、日本で私はかなり浮いた存在だったのでハンガリーは居心地が良すぎました。ここで私は人生で一番の決断をしました。

ハンガリーに残ろう。

もちろんビザは切れます。不法滞在ということになります。でもこの国で歌い続けないといけない理由があるような気がしたんです。私は街に立って歌いながら生活をしようと考えました。が、街中で歌うアジア人が警察の職務質問を避けられる訳もなく、私は即連行されました。ハンガリーに残ろう、と決意した翌日のことでした。

私を担当してくれた警察官の方はとても気さくな方で、職務質問の時も私からギターを奪わず持たせてくれました。

〈歌〉

ハンガリーハンガリー
勇気を出して言ってみよう
ハングリーハングリー
ハンガリーの定番を教えて？
日本はカツ丼カツの乗ったどんぶり
ハンガリーは？　グヤーシュの入ったお皿？

ハングリーハングリー
ハンガリーでハングリー

さっきまでの温和な空気からは想像できないほど激高されました。人に怒鳴られたのもこの時が初めてでした。ハンガリー人の警察官に怒鳴られたことがある日本人って、そうそういないんじゃやないでしょうか。

何日かを留置所みたいなところで過ごし、私は日本へ強制送還されました。私が六歳の時のことです。戸籍上で言うと二十歳の頃になります。ハンガリーに残ることはできませんでしたが、不法滞在してまで残ろうと思った決意は私の人生の中で大きな財産になったと思います。

日本に帰ってきて私はすぐに沖縄に移住しました。

日本的な環境、人間が合わなくて。ハンガリーで過ごした時間が長かった分、日本という国を生理的に受け付けなくなってしまっていたのです。

海外に行くことも考えましたが、強制送還されたばかりの私にそれが叶うはずもありません。日本で一番日本ぽくない場所、と考えた時に真っ先に沖縄が頭に浮かんできたのです。

沖縄で私は恋をしました。

路上でいつものように歌っていると、ハーモニカの音色が私の耳に飛び込んできました。私の歌に合わせて吹いているようでした。このリズミカルな感じ、そして躍動感。日本人じゃないな、と私はすぐに気づきました。演奏を終えて横を見ると、暗闇の中に光る目を見つけました。私は声をかけました。

「Hi」

すると暗闇の中から声が返ってきました。

「こんばんは」

明らかに日本人でした。てっきり黒人の男性だとばかり思っていたので拍子抜けしました。暗闇の中の光る目が近づいてきます。

やっと容姿が確認できる明るさのところまで出て来てくれてまた驚きました。光っていた目の男性は日本人だったのですが、その後ろに、黒人の男性がもう一人いたのです。ハーモニカを持っていたのは黒人の男性の方でした。

名前はアンディーと言いました。アンディーは米軍に所属している軍人でした。一緒にいたのは日本で知り合った友人らしく、通訳をしてくれていたようでした。私は一目でアンディーに恋をしました。

日本人でもすぐに受け入れられる感じの見た目の黒人男性だったのです。うまく言葉にできないのですが。やわらかいというか、通常の黒人男性の四分の一くらいの野性味、とでも言えばいいんでしょうか。すごくフィットする感じがしたんです。私たちはすぐに付き合い始めました。

人前でも恥ずかしそうにキスをするアンディーが好きでした。アメリカ人なのにアメリカ人っぽくないというか。お互いに自国の言葉しか話せないので私は日本語、アンディーは英語で話すのが常でした。お互いに何を言ってるのか全くわかりません。わかろうともしないんです。お互いの気持ちをお互いの言語でただただ言い合う。そんなお付き合いがとても新鮮に感じました。

別れは突然やってきました。

ある日アンディーがもの悲しげに何かを語り、今までにない情緒ある感じでハーモニカを海岸沿いで吹いたことがあったんです。その日、別れの意思を告げてくれてたんだと思います。でも何を言っているのか私には全くわからなかったので、正装した軍服で大荷物を持って私の前に現れた時は本当に驚きました。

アンディーが渡した紙切れには住所が書かれてありました。

ベリーズという国に行くようでした。

そういえばアンディーがやたらと「ベリーズベリーズ」言ってたなと思い出しましたが、私はてっきりBerryz工房のことを言ってるんだと思っていました。

アメリカって日本に比べて幼児愛が強い人が多いと勝手に思い込んでいたので、アンディーにもその趣味があるんだろうなと思っていたんです。

調べたらベリーズという国はメキシコと南米大陸の間にある小さな国でした。

アンディーが飛び立った数日後、私は何着かの服とギターを抱えて空港に向かっていました。ほんの一瞬たりとも迷いませんでした。飛行機に乗ってふと一息ついた時、愛の力の偉大さに気づかされました。

〈歌〉

　私を動かすものそれは愛
　私を狂わすものそれも愛

歌い出してすぐCAさんにギターを没収されました。

すべての困難が私のアンディーへの愛を試しているような気がしました。ベリーズに向かう機内の中の私が、今までの人生の中で一番前向きな私だったと思います。機内で歌を奪われてしまったので、アンディーの前に突然私が現れた時どんな顔をするだろうと、想像しながら詩を書き溜めました。

ベリーズには入国できませんでした。格安切符の罠です。ハンガリーでの不法滞在歴が引っかかったようでした。私はまた連行されそうになりましたが、警官を振り切り、ギターケースだけを持って逃げました。逃げている時の自分の目に映る景色は今でも覚えています。ものすごいスピードでした。新幹線から外を眺めている時と同じくらいのスピードで景色が流れていくんです。

空港内でどれだけの時間を過ごしたかわかりません。人気のないところ、ないところを転々としながら息を潜めていました。いつか出会えるだろうアンディーのことを考えたら一切苦痛じゃありませんでした。

〈歌〉

愛しのアンディーどこにいるの
同じ空の下に私はいるの
ベリーズの空は何色？
見上げてもオフホワイトの空

そうこれは空港の天井
ベリーズの空を思いながら貴方を思う

Ｏｈマイアンディーどこにいるの
Ｏｈマイアンディーどこにいるの

歌い終わって顔を上げると私は警察官に包囲されていました。

歌わなきゃ良かった。

歌うことに対してそう思ったのはこの時が初めてでした。自分が愛した「歌」が、自分の愛する人への道を断ったのです。私は日本へ帰されました。人生二度目の強制送還です。ギターも没収されました。私が十四歳。戸籍上で言うと二十八歳の時のことです。日本に帰って、自分からギターが奪われた意味を考えました。

十四年です。十四年一緒にいたものが奪われたのです。簡単に、「じゃあ新しいのを……」という気持ちには到底なれませんでした。神様が私とギターを引き離したことには何か意味があるんじゃないか、そう思ったんです。

ギターに出会ってからギターを持たない時間がなかったので、日常生活の中で自分の両手の置き場所がわからなくなっていました。今までは左手はネックを握り、右手は弦の上に置いていたのですが、ギターがなくなってしまったので両手がどこにいても落ち着かないのです。

手に何かをさせようと思い、私は東京で鍼《はり》の学校に通い資格を取ることにしました。ギターで培った指の動きの繊細さが思いのほか役に立って、針灸師としての実力は日に日に進歩していきました。

ギターのことは考えないように、視界になるべく入れないように、そんなふうに過ごした二年間でした。

就職先も無事決まり、年齢も戸籍上の年齢をちゃんと言えるようになってきた三月の夜のことです。形ばかりの卒業式を終えて同期のみんなと飲み、終電で中央線に乗り込みました。十二時もとっくに過ぎていたので三鷹を過ぎたあたりから人もまばらでした。うっかり寝てしまって、慌てて目を覚ましたらまだ国分寺でした。よかった、と安心した時、私の正面の荷物置きにあったギターケースが目に飛び込んできました。ギターは視界に入れないようにしてきたので、実に、二年ぶりにギターが私の視界に入っていました。

体が動かなくなりました。

誰のギターだろう。忘れ物かな。どんなギターが中に入ってるんだろう。開けてみたいな。車掌さんに言ったほうがいいかな。アンディーはどうしてるかな。いろんな思いが私の頭を駆け巡りました。

「お姉さん。お姉さん」

車掌の声で我に返りました。私は降りるはずの八王子を通り過ぎ終点の高尾まで来ていました。車内には私しかいませんでした。

「このギター、お姉さんの?」

言いたいことはなんでも言うタイプでした。思ったことはすぐ言えるタイプでした。でもこの時ほど自分の思っていることと、言いたいことが一致しない時間はありませんでした。

宇宙にいる感じがしました。無重力の空間で浮いているような。でも喉元だけはすごく重くて、何か言葉を発しようとすると吐いてしまいそうなそんな感じがしました。自分の言いたいことを振り絞ろう振り絞ろうとするのですが、言葉が出て来ないんです。やっとの思いで振り絞った私の声は声帯を奪われた犬のような声でした。

「はうはうはうはう……………！」

「………え？」

車掌さんが一歩後ずさりしました。

「はうはうはうはうはう！！！！」

「……………」

車掌さんの生唾を飲み込む音が聞こえました。

私はゆっくり呼吸をして、両手で車掌さんをなだめ、最後の一声を振り絞りました。

「私のです！」

車掌さんは荷物置きからギターケースを下ろして、

「危ないお姉さんかと思ったよ。最近ね、男よりも女の人のほうが危ない人多いの。気をつけて帰ってね」

と私にギターケースを渡してくれました。受け取った時のギターケースの重み、あの感触、本当に懐かしかった。両手も、持つならこれこれ、と言ってるような気がしました。誰もいない高尾の駅で私はギターケースを開けました。

もしかしたら私がベリーズで没収されたギターが入ってるんじゃないかと思ったのですが、そこまで劇的ではありませんでした。

私は高尾からタクシーに乗り、八王子ではなく、故郷の甲府へ帰ることにしました。

〈歌〉

　忘れたわけじゃない
　忘れたふりをしていたの
　離ればなれになった私達
　私から会いに行くわけにはいかなかったの
　ずっと待っていたあなたから会いに来てくれるのを
　左手の薬指に指輪なんかいらないの
　左手の薬指に指輪なんかいらないの
　この左手はあなたを握るためにあるから

「いい歌だね」

人生で初めて私の歌を褒めてくれたのは運転手さんでした。私は今、甲府で歌を歌いながら鍼灸師としても働いています。針をさしている間、ギターを弾いて歌ってるんです。また来てくれる人半分、来なくなる人半分、といった感じでしょうか。

来年私は、十五歳になります。

第五話『冬子と元・冬子』

初めまして。是恒さくらと言います。私は一九八六年の二月二十五日に広島で生まれました。私が生まれた日、広島は数十年振りの歴史的な寒波に襲われたらしく、大雪の中、父が母を車に乗せて病院まで連れて行ったそうです。「病院に着いた時ちょうどラジオからはアリスの『冬の稲妻』が流れていたんだ」という話を父から何度も聞かされました。生まれた時の私の体温は異常に低かったそうです。

私の名前を決める際に父は、冬に生まれているし歴史的寒波の日だし「冬の稲妻」が流れていたし体温も低かったので、『冬子』とつけたがったそうですが、それは親戚一同の猛反対にあって却下されたそうです。母が春に咲く桜のように明るく華やかな子になってほしいという意味を込めて、『さくら』と付けてくれました。

今の話でもわかると思いますが、父は悪く言えば適当、良く言えば自由な人でした。父の性格は年を取った親戚からは理解されがたかったらしく、父がいない席ではよく父の悪口を耳にしました。母も父には色々と苦労させられていたようでしたが、「国際結婚してるつもりでいる」とよく言っていました。なんだかんだ仲は良かったんだと思います。

八歳の頃、父親の仕事の関係で埼玉県の熊谷市に引っ越ししました。熊谷で過ごした十数年間は決して忘れられないものになりました。

小学校六年生の頃、母が病気で他界しました。涙ってこんなに出るんだと思うくらい泣きました。いつもTシャツにズボンにサンダルのだらしない格好をした父しか見たことがなかったので、喪服姿で髪をセットした父を見て、母が好きになった気持ちが初めて理解できました。

お葬式の夜、私は一人で寝るのが嫌でした。でも父と寝るのもなんだか恥ずかしかったので、我慢して一人で寝ようとしていたら、父が枕を持って私の部屋を訪ねてきました。私は一瞬むすっとしたふりをしましたが、本当はとても嬉しかったんです。その夜何年か振りに父と一緒に寝ました。母なしで二人きりで寝たのはその時が初めてだったかもしれません。父は私の横で私より泣きました。大泣きする父を見て、私も泣きました。

父は仕事で忙しく私と過ごす時間はあまりありませんでした。仕事をたくさんすることで母がいない寂しさを紛らわせようとしていると私はわかっていたので、一人でいることの寂しさは我慢できました。

中学二年の冬、私の誕生日に父は突然子犬を連れて帰ってきました。私が一人でいるのがかわいそうに思ったのでしょう。私は新しい家族ができて嬉しかったのですが、来年受験を控えた私にこのタイミングで犬をプレゼントする父の無神経さが少し引っかかりました。確かに今は子犬です。でも犬にあまり詳しくない私でも、この子はとても大きくなる種類の犬だ、というのは見た目でなんとなくわかりました。父は、私に子犬を渡す時に「冬子だ、かわいがってな」と言いました。一番の楽しみである名付けをすでに済ませていたことも私には信じられませんでした。しかも私に付ける予定だった名前を付けたんです。

私と冬子の生活が始まりました。

冬子は雄のシベリアン・ハスキーでした。そうです、雄だったんです。冬子はどんどん大きくなり、町でも有名な暴れん坊になりました。名前が雌なので近所で何か問題を起こしても、おてんばな子だねぇ、でみなさん済ませてくれました。もし雄だということがバレたらきっとお役所様に訴えられるんじゃないかと私はビクビクしていました。なるべく人に見られないようにお散歩は早朝か深夜にするようにし、冬子がおしっこをする時は雄だということがバレないように、片足を上げるさまをなんとか隠そうと必死でした。

初めての夏に事件が起きました。熊谷の猛暑に冬子がダウンしたのです。私も元・冬子ですし、生まれつき夏は本当に苦手でした。寒いのは全く苦じゃないのです。生まれた時の季節、状況とかもその人に何かしら影響を与えるのかもしれませんね。

私と冬子は似ていました。二人とも毎年夏になると暑さで動けなくなり、冬は元気に走り回ります。父が「冬子！」と呼ぶと、元・冬子だからなのか、私も振り向いてしまうことも何度かありました。

冬子が四歳くらいからだったと思います。五月になると遠くを見つめるんです。この先に夏が待っているのがわかるらしく、うんざりした感じで遠くを見つめるんです。私もその横に座って一緒に遠くを見つめるんです。

夏場は冬子にできるだけのことをしてあげました。冬子が嫌がるぎりぎりまで毛を短く刈ってあげたり、休み時間の度にバケツ水をかけに帰ってあげたり。それでも冬子の夏嫌いは治りませんでした。

私が十九歳、冬子が五歳の時です。冬子がとうとう狂ってしまいました。

五月から落ち着きがなくなり、家の物を蹴散らすようになりました。六月には犬用のバリカンをくわえて突然失踪し、数日後ほぼ丸刈りで帰ってきました。刈ってくださった方には感謝の気持ちしかありません。突然目の前に謎の大型犬がバリカンをくわえて現れたんです。さぞ怖かったことと思います。

七月には地元の小学校のプールに勝手に忍び込み、「狼が出た」とニュースになりました。

そして八月、冬子は倒れて動かなくなりました。

私は病院へ冬子を連れて行きました。お医者様が「熊谷で育てるのは限界なんじゃないですか？」と言いました。冬子を生まれ故郷に帰してあげたい、そう思いました。

「シベリアだったら元気に生活できるんですか？」

私は聞きました。すると、

「この子シベリアン・ハスキーじゃないですよ」

とお医者様は言ったのです。私は耳を疑いました。

「え?」

「この子、アラスカン・マラミュートです」

「アラスカン・マラミュート……アラスカン・マラミュート……アラスカン・マラミュート……?」

三回聞き返しました。それくらい耳慣れない言葉でした。冬子を手にしたあの日からてっきりシベリアン・ハスキーだと決め込んでいたので、あなたは日本人じゃありません、と言われたのと同じくらいの衝撃を受けました。冬子の故郷はアラスカだったのです。帰り際お医者様は言いました。

「冬子ちゃん、雄ですよ」

「知ってます」

家に帰り、父に冬子のことを恐る恐る相談すると、父はアラスカに行くのが当たり前のように話を進めてくれました。

私は父の力も借りて、冬子をアラスカに連れて行けるだけのお金を貯めました。冬子が憂鬱《ゆううつ》な気持ちになり始める五月の前までには!と、目標を定めて必死にバイトをしました。

そして二〇〇六年の一月二十二日、ついに冬子をアラスカに連れて行く日がやってきました。それはつまり父と冬子がお別れをする日ということです。お手、おすわり、ドア止め、など定番の芸は私が大体教えたのですが父が唯一冬子に教えた芸がありました。それは冬子と向かい合って四つん這《ば》いになると、冬子が父のおでこに右手を置く、という謎の芸でした。ほぼ、お手なのですが、父はその芸を『洗礼』と呼んでいました。いつもは五秒くらいやるとじゃれ合う二人なのですが、別れの日は十分くらいそのまま停止していました。きっと冬子の右手を通じて父と冬子は会話をしていたんだと思います。

空港までは父が車で送ってくれました。成田から飛び立ち、カナダを経由して私たちはついにアラスカに上陸しました。

空港で冬子を受け取り、ゲージから出すと冬子は私に飛びついてきました。見る人が見たら襲われているようにしか見えないくらいの勢いでした。

町に出ると冬子は、辺り一面に広がる雪を見て跳ね回りました。喜ぶ、というよりは、狂喜乱舞に近い感じでした。日本では冬子を興味の目で見る人はたくさんいましたが触りにくる人はほとんどいませんでした。ですが、アラスカでは跳ね回る冬子を見て子どもたちが集まってきて、大人たちもそれを見て笑っているのです。一瞬、無茶をする子どもに本当に腹が立って襲っているようにも見えましたが、親が笑っていたので私もやり過ごしました。

アラスカに連れて来て本当に良かったと思いました。ここがこの子のいるべき場所なんだなぁって。

私は越谷で働いているエスキモー（自称）の知り合いの女性を頼ってメアリーズイグルーに向かいました。

冬子と最後の何日かを過ごしたら私は日本に帰る気でいました。しかし離れられないのです。冬子を置いていくことができないのです。

当初二週間でお願いしていたホームステイ期間はどんどん延びていきました。十二日目には町の人が大勢集まってお別れパーティーまでしてもらったので滞在一カ月を過ぎた時は本当に気まずかったです。ホストファミリーも、初めのうちは「好きなだけいなさい」と言ってくれていたのですが。一カ月経った頃にはいつまでいるんだろう、という顔をしていました。

迷惑をかけたくないから帰りたい。でも冬子と離れたくないから帰りたくない。

そんな生活が二週間くらい続きました。部屋から出る時間も減り、いよいよどうすればいいかわからなくなっていた時です、ホストファミリーのおじいちゃんが私を手招きして呼ぶのです。おじいちゃんは私の名前がわからないのか、手招きしかしません。私は私でおじいちゃんの名前は聞いていないので、ホストファミリーのおじいちゃん、としか呼びようがありませんでした。

「…………」

「なに？　ホストファミリーのおじいちゃん」

「…………」

「どこに連れて行くの？　ホストファミリーのおじいちゃん」

「…………」

「ホストファミリーのおじいちゃんってば!!」

おじいちゃんは、森に入ってすぐのところにある小屋に私を連れて行きました。飾りだけの豆電球が一つぶら下がっているだけで中はほぼ真っ暗。私のキック一撃で壊れそうなくらい古い小屋でした。ホストファミリーのおじいちゃんは何も言わず私を中に招き入れ、そして、小屋の奥に立てかかった古い木箱のようなものの中から、銃を取り出したのです。

追い出される時が来たんだ。

そう思いました。映画では何度も見たことがある、銃をカチャッ、とする音を初めて生で聞きました。ホストファミリーのおじいちゃんは私を山奥に連れて行きました。ニコニコしていたので、危険な目に遭わせるつもりはないんだろうなと思っていましたが、次第に猟奇的な微笑みを浮かべているようにも見えてきて生きた心地がしませんでした。

山道を歩いて二十分くらい経った時だったと思います。ホストファミリーのおじいちゃんは突然口を閉じて身を屈《かが》めるよう指示をしてきました。とても嫌な予感がしました。映画では何度も見たことがある、「シー!」です。普段何かから身を隠すことなんて滅多にありません。何かいたんだろうな、と直感でわかりました。

熊でした。

「熊だ……!」と認識した瞬間、ものすごい爆音が私の鼓膜を突き破りました。何が起こったのか、理解するのに少し時間がかかりました。ホストファミリーのおじいちゃんのほうを見ると、私ににこりと微笑みました。熊のほうに目を戻すと、熊はもう倒れていました。

まるで映画でした。テレビを通してしか見たことがない、非現実的な世界が突然私の目の前に現実として起きたのです。


あの日から私は変わりました。それまで本当になんとなく、人生を過ごしていたんだと思います。初めて目標ができたのです。銃を撃ってみたい。

ここからの私の行動力は今思い返しても自分とは思えません。目標は人を変えるんです！

まず父に電話をしました。「銃を撃ってみたい」と伝えると父は、「いーね！」とだけ言い快諾してくれました。そして私は銃を撃つ資格を得るためにワシントンへと向かいました。ワシントンで銃の講習を受けました。数カ月は受ける覚悟でいたのですが、講習は短期間で終了。銃を撃てる資格を得た喜びと共に、こんなに簡単に銃が撃てるのか、とアメリカに深く根付く銃社会の恐ろしさを身近に感じました。

私はホストファミリーのおじいちゃんの銃を早く撃ちたくてアラスカにすぐ戻りました。ホストファミリーのおじいちゃんに、銃のライセンスを見せると型の古そうな短銃を私にくれました。そのタイミングで、失礼は承知で思い切ってホストファミリーのおじいちゃんの名前を聞いてみました。

「Host family no ojichan. What's your name?」

おじいちゃんは答えました。

「#$%#&%"」

声が渋すぎるのと、発音がネイティブ過ぎて一切聞き取れませんでした。私は一瞬の間のあと、愛想笑いをし、「OK Let's go host family no ojichan!」としか言うことができませんでした。割と長めの名前だということだけはわかりました。

私の銃生活が始まりました。朝から晩まで撃ちまくりました。木々、看板、人が住んでいなそうな古民家、乗り捨てられた自転車、人じゃなさそうな動くもの、とにかく撃ちまくりました。

あの音、あの衝撃、あの匂い、銃は人を狂わせるんです。

毎日数百発は撃つので、町のタバコ屋さんに毎日銃弾を買いに行きました。これは後に聞いた話なのですが、当時町で私は『Bullet Girl』(弾丸娘)と呼ばれていたそうです。

アラスカでの滞在期間をフルに過ごして帰国して、またアラスカに行ってフルに過ごして帰国して、という生活が始まりました。銃を撃つためだけに生活をしていました。日本にいても銃のことばかり考えていました。銃声を聞くためだけに自衛隊の公開訓練を見に行ったり、耳を突き破るような爆音だけを求めてクラブに行ったりもしました。

銃を撃つ資格がある、というのが私の日本での生活を大きく変えてしまっていました。街で気に入らない人を見ると頭の中で「バン！」というようになりました。人に道も譲らなくなりました。ぶつかりそうになる人には頭の中で「バン！」自転車のベルを必要以上に鳴らす人にも「バン！」割り込みにも「バン！」お店で店員さんにため口の人にも「バン！」やる気のない店員にも「バン！」。

私の頭の中の銃を日々撃ちまくりました。

私は冬子のことを忘れてしまっていました。


二〇一五年の二月十九日、朝四時頃家の電話が鳴りました。普段なら目が覚めることがないのにその日に限って目を覚ましました。まず電話に向かって「バン！」と言いました。この頃はもう頭の中では満足できず、実際に口に出して「バン！」と言うようになっていました。電話に出ると聞き覚えのある声でした。

「Hi this is host family no ojichan」

この頃にはホストファミリーのおじいちゃんは、「host family no ojichan」と名乗るようになっていました。低く渋い声で何か話しているのですが何を言ってるのかわからないのです。一言だけ聞き取れた言葉がありました。

「Fuyuko」でした。

冬子、死んじゃったんだ。すぐにそう思いました。アラスカに行けたのは五月の頭頃でした。

空港に着くと私を見かけた人はみんな口々に、「おかえり弾丸娘！」というようなことを言ってくれました。ここ数年、定期的にアラスカに来ては銃を撃ちまくって帰る日本人、を知らない人はいませんでした。

そうですよね。本当にどうかしてたんです。

ホストファミリーのおじいちゃんの家に着くとホストファミリーのおじいちゃんは私を

抱きしめてくれました。山の中に冬子のお墓はありました。周りの木が切り倒されていて、日中はずっと陽が射すように手入れされていました。泣き崩れました。お母さんが死んだ時と同じくらいか、それ以上に泣いたかもしれません。何時間もその場から離れられませんでした。この何年かは銃のことばかりで、冬子がどんな顔で私を見ていたか、私がアラスカにいない間どんなふうに過ごしていたか、考えるだけで胸が締めつけられました。

陽が落ち始めて気温もだいぶ下がってきた頃、ホストファミリーのおじいちゃんは私の肩に上着をかけてくれました。私が顔を上げ振り向くと、いつものように優しい笑顔で微笑んでくれて、ごつごつした手で涙を拭ってくれました。ホストハウスに戻り、鏡の前を通った時、違和感を覚えました。

冬子の気配を感じたのです。

家の中をきょろきょろと見回しました。元々飼っていた犬が冬子に見えたのかな、と合点がいったので、正面に鏡のあるソファーに腰をかけました。

「キャー!!!!!!!」

私はホストファミリーのおじいちゃんがかけてくれた上着を脱ぎ捨てました。冬子だったのです。明らかに毛皮が冬子なのです。あまりにもショックで……。でも投げ捨てたあと、すぐ、冬子にひどいことをしてしまった、と後悔して拾い上げて抱き締めました。でも死んでしまった冬子を毛皮にするなんて……とまた恐ろしくなって投げ捨ててしまって……。投げ捨てて抱き締め、投げ捨てて抱き締めを二度三度繰り返しました。信じられませんでした。私は軽蔑《けいべつ》の目をホストファミリーとホストファミリーのおじいちゃんに向けました。

「バン！バン‼バン！バン！バン！バン！バンバン‼」


ホストファミリー全員撃ちました。取り乱していたのです。

ですが、もう会えないと思っていた冬子とずっと一緒にいられる、そんな喜びも心のどこかにあったような気がします。もう目にすることができないと思っていた冬子の毛皮を抱き締め、また泣き崩れてしまいました。

聞いた話では、この辺りの町では、犬は家族と同等で亡くなったら魂は成仏するから肉体である毛皮は剥《は》ぎ、家族の守り神として上着として着ることは普通のことなんだそうです。

次の日、私は冬子と父のいる山形へ帰ることにしました。

熊谷に帰ろうとも思ったのですが、暑いところは冬子が嫌がるし、ちょうどこのタイミングで父が雪国である山形に転勤になったことにも運命めいたものを感じていました。帰る時、ホストファミリーのおじいちゃんが銃を私に差し出してくれました。「撃たないのか？」。そんなことを言っていたと思います。でも私が銃を手に取ることはもうありませんでした。

その時あらためて気づいたんです。銃に狂わされていたんだな、と。

帰国して父は私が着ていた上着を見て「冬子みたいだな！」と言い笑っていました。父に事実は伝えませんでした。

今は父と、そして冬子と山形で暮らしています。皆さんにこの場を借りてお伝えしたいことがあります。銃は人を狂わせます。絶対に軽い気持ちで手にしてはいけません。では、今日もこれから銃依存のセラピーに行ってきます。私は私で戦っています。冬子のコートを着て。

「バン‼︎‼︎」

第六話『あたいを変えた、タイウーマン』

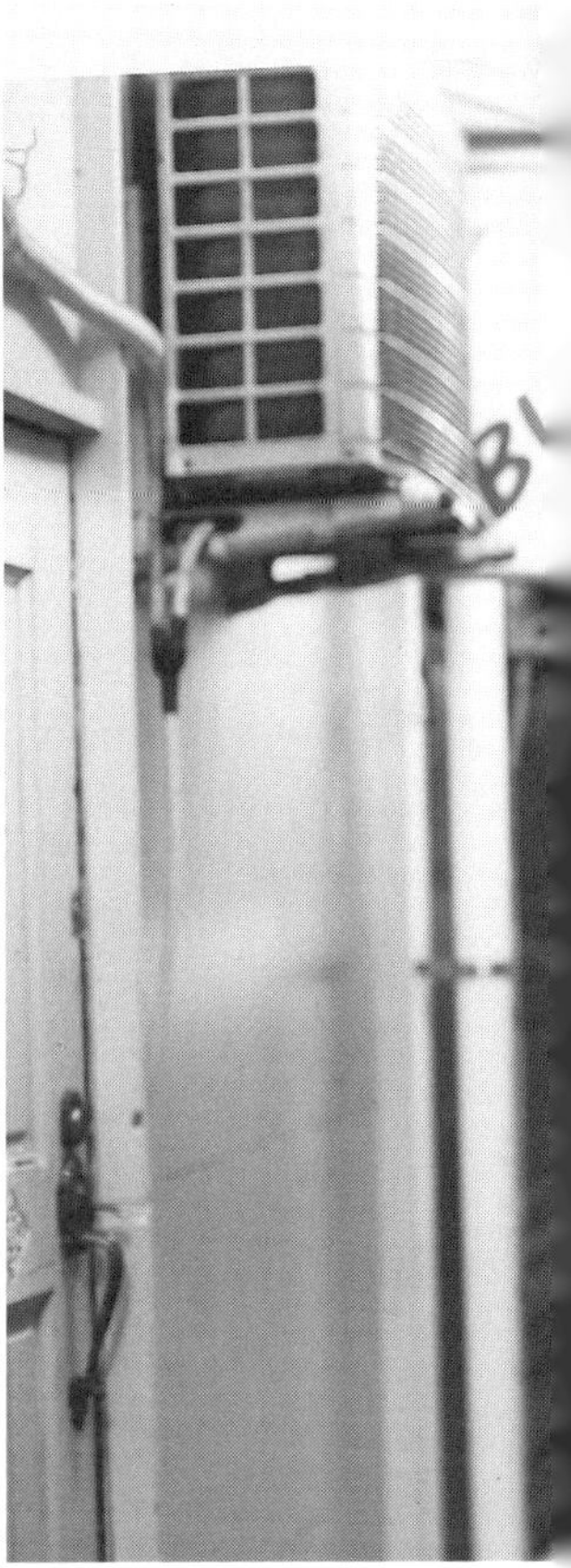

ケンカの人生だった。

十コ上の姉の影響で一緒に見ていた『ビー・バップ・ハイスクール』があたいのマニュアルだった。保育園の頃からタイマン、って言葉を使っていたらしい。でもさ、あたいタイマンって言葉が嫌いなんだよね。いかにも男のための言葉じゃない？ 対マンって。女だって喧嘩するんだよ。

だからあたいはタイウーマンって言うんだ。

思い出って人それぞれ、色々あると思うんだ。思い出すことって言ったほうがいいか。

修学旅行だとか、免許取って初めて車乗った日のことだとか。あたいにはケンカ以外の思い出がない。寝る時に目つむるとさ、今までのタイウーマンがほんとついこの前のことみたいに頭に出てくるんだ。

節目節目にタイウーマンがあった。あの、殴られた感触を忘れないうちに、あたいの中で特に忘れられない三人とのタイウーマンをここに書いてみようと思ってる。

『横浜人生初めてのタイウーマンE田U子』

人生初めてのタイウーマンは小学校一年生の時の担任のE田U子。

誰かに殴られたのもあの日が初めてだった。今だったら大問題だよ。小学校の入学式で新一年生を殴るなんて。もちろんあたいが悪かったのはわかってる。隣の机の男の子がトイレに行きたいっていうのを羽交い締めにしておしっこもらさせたんだ。泣き叫ぶ男子を見て笑っている私の頬《ほお》に走ったあの衝撃、未だにはっきり覚えてる。顔が取れたかと思った。取れたのを誰かが拾って戻してくれたのかもしれない。それくらいの衝撃だった。

入学式の次の日、あたいはE田U子に人生初めてのタイウーマンを申し込んだ。「いいわよ」。E田U子はそう答えた。あの、いいわよ、の時のあたいを見下ろす顔。夜店のお面屋さんの前を通る時、いつもあの顔を思い出す。

タイウーマンの場所は小講堂。あたいはゴミ捨て場から処分前の蛍光灯を持って行った。メッタ刺しにしてやるつもりだったんだよね。今よりタチが悪い。

E田U子は白いひらひらしたシャツに花柄のスカートで小講堂に現れた。あたいは「やーっ！」と叫んで蛍光灯を振り上げて向かって行った。

すごい衝撃がまたあたいの顔面を襲った。顔が取れたのかと思った。小講堂の天井だけがあたいの目に映っていた。鬼のお面があたいの視界に入って来た。

「こんなもんタイマンに持って来るんじゃないよ」

そう言い残し、E田U子は小講堂を去って行った。E田U子からあたいは殴られることの痛みを教えてもらった。

『山形進路を決めさせたタイウーマン〇野K子』

中学校の時あたいは山形に引っ越した。そこでも忘れられないタイウーマンがあった。山形では敵なしだった。山形はハマより田舎だし、あたいのケンカの仕方って都会っぽかったんだよね。まず殴らせる。痛みを噛み締めて自分の拳に答えを乗せる。E田U子に殴られてからケンカの仕方が変わったんだよね。でもさ、転校二日目には番長になって、あたい天狗になってた。すぐに町で一番悪いと言われてる中学校の番長から呼び出された。

タイウーマンの場所は山間にある草むら。いかにも田舎っぽいよね。そこに行ったらさ、すごい人数いたのよ。でもあの時はひとつもビビらなかった。一対三十くらい。そしたら小学生が制服着てるみたいな小さいやつがさ、こっちに来なって呼ぶわけ。あたい、群れの中で粋がってるチビがほんと嫌いなんだよ。生意気にモスグリーンのゆったり目のパーカ羽織ってさ。で連れて行かれた先が森の中。負けたらここで殺されて誰にも見つかることなく肥料になると思ったよね。

確か、寒くて日が落ちるのが早い季節だったとは思うけど、にしても森の中はどんどん暗くなって、ほとんど周りが見えないくらいのとこまで連れて行かれたんだよ。怖さをかき消す意味もあったと思う。あたい叫んだんだ。

「O野K子!さっさと出て来な!」って。

そしたら暗闇の中に光る目が見えたんだ。絶対に目だったと思う。人間を食べる獣の目だ、って本能で感じた。

逃げたよね。全然そんなつもりなかったんだけど、逃げてた。真っ暗な森の中を。必死に駆け抜けた。

周りが何も見えない暗闇の中、走ったことあるかい?ないだろ?ほんと真っ暗なんだ。漆黒。どれくらいの時間走り続けたかわからない。一分だったのか、一時間だったのか。この世じゃないところを延々走らされてたのかも。

気がついたらあたいは傷だらけで草むらで気を失っていた。殴られた傷じゃないんだ。草とか枝とかで切れた傷なんだよ。制服もズタズタ。保護されてもいいレベル。

目の前にあたいを案内したチビが立っていた。

「東京もんがうちらの町で好き勝手やってるって聞いてさ。これがうちらのケンカの仕方」

あのチビがO野K子だったんだ。殴られることなく負けたのはあの時だけ。O野K子は三十人を引き連れて帰って行った。一番小さかった。あたいは泣いた。情けなくてさ。

泣いてたら、たぬきが寄ってきた。初めて見た野生のたぬきだった。たぬきはあたいに近寄ってきた。傷口でもなめてくれるのかと思ったら、「クワァー!」って尻尾を逆立てて威嚇《いかく》してきやがった。たぬきにも出直してきな、って言われた気がした。あのたぬきがO野K子だったのかもね。O野K子からあたいは自然の偉大さを教えてもらった。

『オーストラリア巨神とのタイウーマンJ』

高校出たあと海外を転々とした。森林保護のボランティア団体に入ったんだ。団体の会長さんから、「ボランティア史上最も気性の荒い女だ君は」って言われたよね。口より先に拳で会話がしたい、それだけなんだよ。

オーストラリアに行った時、すごくむかつくやつがいたんだ。あたいさ、外人にはあまりむかつかなかったんだよ。何言ってるかわかんないし、日本人のむかつくやつのほうがよっぽどむかつくから。同じ人間なんだけど、違う生き物として接してる感じってあるじゃん。むかつくむかつかないの対象に入れてなかったんだと思う。でもあいつは違った。Jって呼ぶよ。あいつの名前なんか知らないんだ。ただＹＡＷＡＲＡに出てくるジョディにそっくりなんだ。だからジョディのＪ。

　Ｊはあたいにとにかくいやがらせをしてきた。向こうもあたいを生理的に受け付けなかったんだと思う。食べられないキノコを食べさせようとしたり、あたいが書いた書類をヤギが食うように仕向けたり。百頭くらいの羊をコントロールしてあたいを追い込んできたこともあった。あたいが愛する自然をことごとくいやなことに使ってくるんだ。それが許せなかった。背がでかくて太ってるのに陰気なのも気に入らなかった。おおらかだろ？普通は。だいぶ我慢したんだよ。でももう拳で語り合うしかないと思った。あたいは何も言わず、時間と場所が書かれた自分の拳をＪの前に突き出した。次の日とうもろこし畑にＪは来た。赤と茶とオレンジのネルシャツにディッキーズのチノパンだった。こいつにはコンクリの冷たさよりも大地のぬくもりを感じさせないとダメだって思ったんだよね。

　言いたいことを日本語で全部言った。伝わったか伝わってないかは関係ない。向こうも英語で何か言ってきた。ファックだけは聞き取れた。

　あたいは自分の頬を突き出し、ほら、殴りな、とジェスチャーをした。

　あたいの行動が予想外だったのか、Ｊは動揺してた。目を見たらそいつがタイウーマンしたことがあるかないかはすぐわかる。Ｊは絶対になかった。陰気なやつって一回もタイウーマンしたことがないもんなんだよ。だから陰気なんだ。ひるんだＪをあたいは追い込んだ。ほら、ほら、こいよ。殴ってこい、そこからだろ？って。顔が取れたかと思った。

Ｊはおそらく人を殴ったことがなかった。力のコントロールの仕方がわからないやつのビンタほど痛いものはない。それにあの体格。

意識が戻った時、Ｊは泣きながら私を抱きかかえていた。

ソーリーソーリー言ってた。あたいはナイスパンチ、って言って親指を立てた。Ｊは自分だけが殴ったのが納得いかなかったらしく、私も殴って、とおなかを突き出してきた。あたいは殴り返すのが礼儀だって知ってるからＪのふっくらしたおなかに思い切りパンチをした。そして手首が折れた。悶絶するあたいを見てＪはまたソーリーソーリー号泣した。

その日からあたいとＪは親友になった。

Ｊとのタイウーマンから、あたいは外人との接し方が変わった。

Ｊからあたいはみんな同じ生き物、同じ人間なんだ、って教えてもらった。

色んなタイウーマンを経てあたいはハマに帰ってきた。タイウーマンがあたいを成長させてくれた。人としての幅を作ってくれたと思うんだ。勝った負けたじゃないんだよ。

インド滞在中にタイウーマンして仲良くなった女僧侶に教えてもらったヨガを今は日本で広めようと思ってる。ヨガの可能性ってほんと無限でさ、ヨガを通して自分の人生振り返ったり、今の若い人たちに色々伝えたりできるんだよ。

あたいが考案したポーズがたくさんあるからぜひ試しに来てほしいよね。

お面屋の怖いお面のポーズ。威嚇だぬきの逆毛のポーズ。巨神に殴られ顔が取れたポーズ。他にもたくさんあるんだ。

タイウーマンヨガ、生徒募集してる。面倒くさい手続きは一切なし。

自分の拳に『入会希望』ってだけ書いてきて。よろしく。

第七話『私の国のこうた』

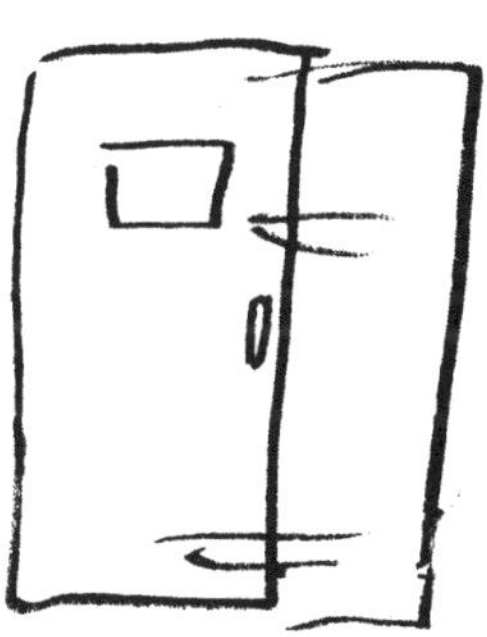

HITACHI
ONE STEP ムラタ
家電のことならなんでも
ご相談ください!

両親の話によると小さい頃は感情表現が豊かな子だったらしい。確かに子どもの時の写真を見ると、とにかく笑ってる。一緒に写っている友達はみんな髪の色も肌の色も目の色も違う。今見ると違和感しかない。でも子どもの頃は私にとってそれは普通のことで、何も感じなかった。

生まれたのはテキサス州のヒューストン。父は宇宙開発関係の仕事をしていた。私が感情を表に出さなくなったのは十歳の頃、ＮＡＳＡの研究施設で無重力を体験させてもらってかららしい。

ふわっと体が浮いて自分の体の制御がきかなくなった瞬間、ブツっという音とともに一瞬、視界がブラックアウトして自分の中で何かが弾けた感じだけは未だにはっきりと覚えている。

宇宙を感じてしまったからなのか。

その時の様子を父がビデオカメラで撮影していたので、映像が家に残っている。ハリウッドのＳＦ映画みたいな映像。笑顔でカメラに手を振って装置の中に入って行く黒髪の少女。

数分後そこから出てきた少女は明らかに様子がおかしい。感情がそこにないのが、歩いてる姿を見ただけでわかる。

あの日以降、私は自分の存在がわからなくなった。

なぜここにいるのか。なんのために生まれてきたのか。なんで周りの子と外見が違うのか。一日中、なぜ？　なんで？　をひたすら考える子になった。自分の中に自分だけの世界がどんどん構築されていって次第に無口になっていった。外に向けて何かを発信する必要がなくなってしまったんだと思う。自分の疑問に答えるのは結局自分だったから。私の国の住人は私だけだった。

中学卒業と同時に私は両親と共に日本に来た。帰国なんて感覚は一切なかった。私は日本での生活に強いストレスを覚えた。自分に個性を感じなくなったからだと思う。ヒューストンにいた頃は周りの人たちとの外見の違いに違和感を覚えつつも、自分の存在に絶対的な個性みたいなものを感じていた。

確かに周りと見た目は違う、でもそれが私。

そこが私が救いを求めた唯一の着地点だった。

でも日本に来てからは髪の色も肌の色も目の色もみんな一緒。

学校で着る服も一緒。

モルモットになった気分だった。何かの実験台。お父さんの新しい研究のために私は日本に連れて来られて、学校という体《てい》の研究施設に放り込まれたんだと本気で思っていた時期もあった。

日本に来てからも私は相変わらず感情を表に出すことはなかった。けど、こんなところにいたくない、ヒューストンに帰りたい、その気持ちが強すぎて。でも言葉にはできなくて。

行動で示すしかなかった。校舎に上がる時は絶対に靴は脱がなかった。外履き内履きの概念がヒューストン育ちの私にはない。何度も怒られた。でも怒られることが自分のアイデンティティなんだって頑に信じてた。私はみんなとは違う。先生に怒られることであの狭いコミュニティの中での生存競争に生き残れると勘違いをしていた。私はモルモットなんかじゃない。

日本の学校で一番嫌いなものが教室の戸だった。横に開くあの教室の戸。ガラスの部分にシルエットが透けて映り、ガラガラっと開くとみんなこっちを見る。そこに自分が立っている。伝統芸を披露しているような気分になる。普通に教室に入りたいだけなのにそれをさせてくれない。私は横にしか開かない戸を、ドアのように縦に開けようとして何度も壊した。その度に怒られた。

体育の授業の時、先生からバレーボールを倉庫に取りに行くように言われたことがあった。行ってみると、倉庫の戸は鉄製の頑丈なものだった。なるほどと。私は試されているんだな、そう思った。

突き破れなかった。

先生から自分の無力さを突きつけられた気がして、意地になった私は、あまりにも帰りが遅い私の代わりにバレーボールを取りに来たクラスメートを押しのけて何度も何度も戸に突進し続けた。

私のせいでバレーボールの授業が予定を変更して柔道になった。みんなが柔道をしている時も私は鉄の戸に向かって突進し続けた。あの一件以来、女子からの当たりもきつくなった。でもそれが私なんだ。

毎日いらいらしていた。

そんな私に救いの手を差し伸べてくれた先生が一人だけいた。陸上部顧問の田渕先生だ。無表情で校内をものすごいスピードで早歩きをし、立ちふさがる戸をすべて縦に突き破る私に光るものを感じたらしい。先生のすすめで私は競歩を始めることになった。いらいらをぶつけるにはちょうど良かった。さぞ異様な部員だったと思う。練習着に着替えることもなく、誰とも話さず、とにかくグラウンドを何十周も早歩きだけして帰るのだ。

私が入部して陸上部の部室の戸は取り払われた。

今でも後悔していることが一つだけある。田渕先生に卒業の時に「ありがとうございました」と言えなかったことだ。

今思うと田渕先生は私に何かを尋ねるということを絶対にしなかった。

「早いな。いいぞ。突き破れ。誰もお前を止められないぞ」。私は先生のその言葉に頷くこともしなかったと思う。でも自分だけが特別な感じがしてすごく嬉しかった。先生の声は今でも耳にはっきりと残っている。

私は高校時代を誰とも一言も話さないで卒業した。

話さないでいると、話さないことが普通になる。寝ないでいることは不可能だ。でも話さないでいることはできる。

でもこれは今になってそう思えることで、その当時は誰とも話してないことに気づいていなかった。私は私と話していたから。

私の国の住人は結局私だけだった。

大学時代も誰とも話さず卒業。卒業後、何をすればいいかわからなかった。卒業した後、どう過ごしていたのかはっきり思い出せない期間がある。でも、「働いたほうがいいよ」と誰かに言われた気がしたから働くことにした。

よく就職できた。松井さんには本当にお世話になった。

面接会場の入り口が戸だった。私はまたそれを突き破った。面接官は大笑いをしていた。その時の面接官が松井さんだった。即採用だった。個人でホームページをデザインする会社だった。松井さんは「仕事をしてくれれば話さなくてもいいよ」と言ってくれた。職場でも全く話さなかったけど、居心地の良さは感じていた。職場の人がとにかく優しかったから。みんな私に微笑みかけて、優しく話しかけてくれる。「ごはん何食べたの?」「風邪引かないようにね」「上手に描けたね」。

もちろん私は一切答えないのだが。その時も多分嬉しかった。でも「ありがとうございます」は言えなかった。

ここまで書いたことが現実にあったことなのか、私の国の中であったことなのか、私にもわからない。

なんのことかわからないと思う。

無重力を体験したあの日から、十数年、私がどう過ごしてきたのか、当然私はわかっているつもりだった。私の記憶なんだから。でもそれが今みなさんが暮らしている現実の世界でのことなのかがわかっていないのだ。

大きな地震があった。揺れを感じた瞬間、ブツっという音と共に一瞬視界がブラックアウトした。無重力を体験した時に聞いたあの音だ。なんだか体がどんどん楽になっていくのだけは感じた。

もうこの不思議な感じに身を任せてしまおう、と決めかけた瞬間、私を起こす私の声が聞こえた。

ぱっと急に視界が明るくなって無我夢中で私は外に飛び出した。

死というものを、初めて身近に感じた。

意識ははっきりとしていて、体がすごく重かった。安堵感からか、強い目眩《めまい》がして倒れそうになった。地面がまだ揺れている気もして、ふらふらふら~っとしたその時。傾きかけた私の体を、何かがぐっと引っ張ってくれた。右手に温もりを感じた。感じたことのない感触だった。手のほうを見ると、小さな子どもが私の手を握ってじっとこっちを見つめていた。子どもの口が開いた。

「ママ」

「……こうた」

思いがけない言葉が自分の口から出てきた。それよりも先に、あ、私喋った、と思った。知らない子どもなのにその子のことを「こうた」と私は呼んでいた。知らないのに、知っていた。こうたは私のことをママと呼んだ。

ママ、という言葉が信じられないくらい自分の中にすっと入ってきた。

どうやって生んだのかは思い出せない。もしかしたら生んでないのかもしれない。でもこの子は、こうたは私の子なんだと思った。

地震直後でパニックになっている街中をこうたと歩いた。すると、こうたが嬉しそうに、「今日はゆっくり」と言った。なんのことかわからなかったが、こうたの靴を見て息が止まりかけた。

靴が何かに引きずられたようにずるずるだった。

きっと……私がものすごいスピードでこうたの手を引きながら早歩きをしていたんだと思う。職場が心配だったからこうたを連れて見に行ってみた。職場の私のデスクの横に小さな椅子が置いてあった。そこで初めて気づいた。

この子とずっと一緒にいたんだ。みんなが優しくしてくれた理由がわかった。

ふと思い出すことが実際に私にあったことなのか、そうじゃないのか、それはまだわからない。でも、こうたといる今の時間は絶対にこの世界で起きていることなんだとわかる。

あの無重力を体験した日に何があって、何がどうなって、と考えるのはもうやめた。今目の前にこうたがいる。それが現実だ。いや、もしかしたらこれも現実じゃないのかもしれない。でも今私は幸せだ。どっちでもいい。こうたと目の色も肌の色も髪の色も一緒なのが誇らしい。

最近少しずつ感情が表に出せるようになった。歩くスピードも普通の人と同じくらいになったし、戸も横に開けられるようになった。こうたといると自然と笑顔になる。こうたが笑うと私も笑う。私が笑うとこうたも笑う。

毎日寝る前にこうたに言うことがある。

こうた、ありがとう。

第八話『ラッキー集め』

宇都宮綾子と言います。現在はタイのチェンマイでボランティアスタッフをやっています。このままタイに骨を埋める気でいるのですが、もし叶うならもう一度自分が生まれ育ったあの街に帰りたいなと最近よく思うのです。

東京オリンピックのための区画整理で、私の生まれた街が大きな道路に変わってしまうそうなんです。国民が待ち焦がれているオリンピックと引き換えに自分の大切な思い出が失われるんです。なぜ私の街なのか、他の地域でも良かったんじゃないか、考えればきりがありません。住んでいたのは二十年以上前の話ですが、今でも思い出すことは子どもの頃過ごしたあの街のことばかりで。

生きているうちに一年でも一カ月でもいいのでもう一度住みたいのですが、それはできません。なぜならここには私を必要としている人が大勢いるからです。自分の気持ちを整理する意味も込めて、少しお話させてください。私は東京の下町で育ちました。実家は卸問屋街のはずれにあって、小さな「くじ屋」を営んでいました。「くじ屋」って聞いても今の若い方はピンとこないでしょうね。

景品は小銭の形のラムネや棒きなこ、駄菓子以外だとスーパーボールなんかが割と有名でしょうか?そういったくじだけを扱うお店でした。どれも一回十円か二十円で、地元の子どもたちのたまり場みたいになっていました。小学校の時はクラスのみんなに羨《うらや》ましがられたものです。

私の生き方に大きな影響を与えたのは父なんです。男勝りな性格も父親譲りなんでしょうね。もう少し女の子らしく育ちたかった。

父は大のギャンブル好きでした。

よく競馬場やパチンコ屋さんに連れて行かれました。くじ屋をやりながら自分も毎日ギャンブル浸け。賭け事のために生まれてきたような人でした。母は相当苦労したと思います。今ほど家庭にベッドが普及していなくて、同級生みんなが掛け布団、敷き布団に挟まっている時代に私はベッドでした。理由はベット（賭ける）に似てるからだったんです。賭け事に強い子に育ってほしいという父の意向でした。

父は競馬場の前に来ると必ず私にどの入り口から入るかを選ばせました。「なんとなくで入るな」って言うんです。中に入ったら座る椅子も選ばせました。トイレに行く時も女子トイレの前までついて来て、「ちゃんとどの便器でするか選んでからするんだぞ」って言うんです。父曰く「ラッキー集め」なんだそうです。例えばトイレに便器が三つあったら、それぞれラッキーの量が違うって言うんです。ラッキーをたくさん集められたやつが幸せになれるんだ、とよく聞かされました。テレビで交通事故や殺人事件のニュースが流れると必ず、「ラッキーを集めてなかったらこうなるんだぞ」と真顔で幼い私に言うんです。

そのせいで、いや、おかげで、って言ったほうがいいのかな。私は何をするにでも、ラッキーの多そうなほうを考えて選ぶようになりました。

お酒も好きだった父は、私が二十歳になる頃に体調を崩し入院しました。ある日、自分が入る棺桶を選びたい、と突然言い出しました。母は「バカなこと言ってんじゃないわよ」と、相手にしていませんでしたが、父は競馬をしている時と同じ目をしていました。私はこれは本気だなと感じたので、病院から連れ出し、葬儀屋さんで選ばせました。

競馬場で調教師さんに引っ張られてぐるぐる回る馬を見るかのようにたくさん並んだ棺桶を真剣に見ていました。父は「綾子。どれがラッキーだと思う？」と聞いてきました。ひとつ、妙にひっかかる棺桶があったので「あれ」と選ぶと、父は嬉しそうに「父さんも一緒だ」と言いました。

翌日、父は亡くなりました。

予兆は全くありませんでした。突然のことだったので、長年ののしり合いながらも夫婦を続けていた母は泣き崩れていました。私は父が棺桶を選びたいと言い出した時から、こうなることはなんとなく予想できていたんです。父が自分の死を感じているんだろうな、ってわかったんです。散々父の賭け事に付き合ってきたせいで直感というか、予想することが日常になっているというか。父っぽく言うなら、父は自分の死を当てて、私は父が自分の死を予想していることを当てたんです。

父は最後に自分が賭けた棺桶に入って旅立ちました。賭け事に人生の大半を捧げた父らしい最期でした。お葬式の日、私は予想できてしまってたぶん泣けなくて。もっと泣きたかったなぁと思いました。

私は父の死後、実家を出て〝自分がラッキーだと思うほう〟を選んで生活をしていました。子どもの頃に身についた習慣ってなかなか抜けないものなんですね。そのせいで二十代は移住と転職の連続でした。千葉にラッキーを感じた職場があったので就職をしていたのですが、直感で沖縄にラッキーがあると感じて仕事を辞めて移住。三年暮らして、ある程度ラッキーが集まった気がしたところでフィリピンにラッキーを感じて移住。けど空港に着いた瞬間、沖縄にまだラッキーが残っている！　と気づいて再度沖縄に移住。後先考えずに自分の決断に今まで蓄えた全財産を投じていたので、なかなかの極貧生活でした。賭け事好きの父親の血なんでしょうね。でも自分の意志で選択し、決断をしてきた結果の移住だったので、お金はなくても心は満たされていました。

三十三歳の頃です。友人に誘われて旅行でチェンマイに行った時に衝撃が走ったんです。もちろんただ旅行がしたくてチェンマイに行ったわけじゃありません。友人の誘いにかすかなラッキーを感じたから行くことにしただけなんです。

街並を見て驚きました。私が幼い頃に過ごした下町に雰囲気があまりにも似過ぎていて。ここに住みたいと思ったんです。ただ、すごく迷いました。ラッキーを感じなかったんです。初めてのことでした。今までラッキーを感じたから選択をする、っていうのが私のルーティーンというか、生き方だったんです。住みたいけど、ラッキーを感じない、なんてことはなかったんです。すいません、ラッキー、ラッキー、もういいよって思いますよね。

でもあの頃の私は、それ基準でしか生きられなかったのです。

何日も迷いました。ここにいたいけど、違うような気もする。父ならどうするんだろう、帰国するか移住するか、父ならどっちに賭けるんだろう。そんな毎日でした。

ある日、現地で知り合った日本人のボランティア団体の人に誘われて、チェンマイの孤児院に行くことになりました。現地の子どもたちと遊ぶことで気分が少し紛れるかなと思ったのです。最初はその程度の気持ちでした。私はマーケットで果物やお菓子を買って行き、簡単なくじを作って子どもたちに引かせました。子ども達はくじをやったことがないらしく、大喜びしながら楽しんでくれました。

施設の方も「こんなに子どもたちがはしゃぐのは珍しい」と言ってくれました。

白いランニングシャツと短パンではしゃぐ子どもたちの姿に、私はくじ屋で一喜一憂する同級生たちの姿を思い出しました。

やっぱりここには私の記憶の大半を占める大好きな光景がまだあるんだなと思いました。だけど、まだラッキーは感じることができませんでした。

何か明確な答えを導きたくて、私は連日施設に通いました。煙たがられるかなと不安だったのですが、子どもたちはもちろん施設の職員のみなさんも私が来ると喜んでくれて、歌やダンスを披露してくれました。

帰国予定の前日、施設から戻ってホテルでどうするべきか悩んでいたら、テレビに見覚えのある風景が映りました。さっきまでいた施設でした。現地の言葉だったので、ニュースでは何を言っているかわからなかったのですが、映像だけでお金持ちの男性が施設に多額の援助をしたんだろうな、というのがわかりました。

翌日、お別れを言うでもなく、ここに残ると言うでもなく、なんとも不安定な感情で再度施設を訪問すると、施設に着いた途端、子どもたちと職員さんが私の元に駆け寄って来ました。暴動かと思うくらいの勢いで、一瞬後ずさりしてしまいました。みんな手に私が作ったくじを持っていました。どうやら昨日の多額の寄付は、抽選だったらしく、ここの施設が当たりを引いたとのことでした。ただ職員の誰も怖がって引きたがらず、私が作ったくじで一等のドリアンを当てた少年に試しに引かせたら、その子が当たりを引いたのです！

みんな口々に私をラッキーガール、ラッキーガールと呼びました。

「綾子が来てからみんなハッピーになった。綾子が幸運を運んで来てくれたんだ」。みんなそんな目をしていました。

私が長年集めてきたラッキーがまさかチェンマイで人のために使われるなんて思ってもいませんでした。

この日から私はラッキー集めをしなくなりました。

自分が色んな人のためのラッキーな存在であればそれでいい、そう思えるようになったのです。これが私がチェンマイに移住することにした経緯なんです。

過去のことを振り返ることで故郷に帰りたい気持ちが強くなるんじゃないか、と不安でしたが、今の気分は思いのほか晴れやかです。

これから変わり果てるであろう自分の生まれ育った街。それはそれで現実として受け止め、いま目の前に広がるこの懐かしくて愛おしい景色を大切にすればいいんですよね。自分の決断は間違っていなかったと思います。きっと父もチェンマイに残るほうに賭けたんじゃないかな。

今はチェンマイの施設内で小さなくじ屋をやっています。くじが入った箱に手を突っ込み、真剣な表情で悩み抜いてくじを選ぶ子どもたちに、私は絶対に聞くことにしています。

「あなたが手にしたそのくじにラッキーを感じる?」と。

第九話『夜行バスに揺られて』

コインロッカー
ば案内
4
5
せ下さい。

生まれつき引きこもりがちだった。がち、じゃないかな。一切家から出なかった。

学校や家庭に何か原因があって引きこもりになるのが普通らしい。けど、私の場合は生まれつきだった。だから、「なんで家から出ないの?」と聞かれても説明のしようがない。本能。木の上でしか寝ない動物に「なんで地面で寝ないの?」と聞いてるのと同じことだと思う。当然〝引きこもり〟なんて感覚は自分の中にはなかった。家にあった動物図鑑を何度も読み漁って自分と同じ習性の動物がいるんじゃないかとひたすら探した時期もあった。けど結局人間に落ち着いた。両親も人間だし。

引きこもりっていう言葉がすごく嫌い。ネガティブなイメージしかしないから。

外に出ることがそんなにいいことなのか。寝るのも起きるのも家なのに、なんで日中は外に出ないといけないのか。どんなふうに生きるかなんて自分が決めることで誰かにどうこう言われたくない。世間の当たり前を私に押しつけないでほしい。私はそういう生き物なんだ。

十五、六歳まではそんな感じだった。

外に興味を持ったのは父が天体望遠鏡を買ってくれてから。正確には天体望遠鏡まがいのものだったんだけど。私の目に映る世界が一気に広がった。けど星なんかよりよっぽど見ていておもしろいものがあった。人間。

外の世界を知らない当時の私に世間の常識っていうものは一切なかったから一日中望遠鏡で人間を見まくっていた。最近になってやっとそれがあまり良くないことだったんだなって思えるようになった。それでも常識がないなりに、心のどこかでとても悪いことをしている気はしていた。これも人間としての本能なのか。でもその罪悪感が逆に、なんだか、とても心地良くて、どんどん望遠鏡越しの世界に私は浸かっていった。

毎日朝から晩まで望遠鏡を覗き続けた。望遠鏡越しにしかものを見たくない時期もあって、家のテレビも望遠鏡越しに見たりしていた。テレビまでは距離がさほどないからとにかく見辛かった。でも目をレンズに押し当てる時に感じる圧が何事にも変えられないくらい、とにかく気持ちよかった。
ある日、やたら夜中に人が集まる場所を見つけた。私の地元の伊達市は市街地を離れたらほとんど街灯はなく真っ暗だ。そんな中、うっすらと明るいある一帯にだけ人が集まっていた。初めは街灯に群がる虫を見るのに似た感覚で覗いていた。でも虫を見るより人間を見るほうがおもしろいに決まってる。すぐ夢中になった。
みんな手に大きな荷物を持っている。何か良くない取引をしようとしてるんだと思った。オール訳ありに見えた。

これが私とバスターミナルの出会いだった。

私はバスターミナルに狂った。なんでかって言ったら、そこには色んな感情が溢れていたから。神妙な面持ちで大きなボストンバッグを持った中年男性。リュックひとつ背負って携帯電話で楽しそうに話している私と同い年くらいの青年。死んでるんじゃないかって思うくらいベンチから一切動かないスーツ姿のサラリーマン。望遠鏡越しで見てもわかるくらい固く強く手をつないだ女の人と小さな男の子。レンズを通してもあそこにいる人たちの背負ったものとか覚悟とか、無情な人生みたいなものを感じ取れた。

あそこに行ってみたい。

今までにない「自分」の感じがした。

動物としての自分、の進化を感じた。外に出る習性がない動物が初めて外に出る瞬間だった。こうして私という種は進化をしていくんだ。自分のことなんだけど、変わっていくことが嬉しかった。

忘れもしない、二〇一〇年の七月五日。初めて自分の足で外に出た。

それから毎日バスターミナルに通った。

そこで気づいた。家から出てみたかったんだって。出たからそう思ったのかもしれないけど。私っていう生き物は極端で、今度は逆に家に帰らなくなった。毎日バスターミナルに入り浸った。ただベンチに座って、バスに乗り込む人、バスから降りる人を見続けるだけの毎日。おもしろい会話のやりとりや、劇的な出来事が起きるわけじゃなかったけど、私と同じ空間で生きている人間の日常と感情を間近で見るのは家でドラマや映画を見ているよりもよっぽど楽しかったし、外の世界を知らない私には新鮮だった。

毎日いると職員の人とも仲良くなった。初めの頃は何度も警察を呼ばれて補導された。四十回近く補導されても通い続けたら職員さんたちも「君の勝ち。好きなだけいなさい」と言ってくれた。

私に一番話しかけてくれたのは小田嶋さん。埼玉―伊達間のドライバーさん。いつも埼玉からお土産を買ってきてくれた。私が初めて贈り物をしたのも小田嶋さん。

地元の桜餅を持って行ったけど、その日は会えなくて事務所に預けた。会えたのはその四～五日後。「桜餅、今受け取ったよ！」と嬉しそうに食べてくれた。賞味期限も絶対に切れてたし、カチカチだったと思う。でもおいしそうに食べてくれた。嬉しかった。贈り物に生ものは良くないっていうことも小田嶋さんから教わった。

二〇一二年の三月二十六日、小田嶋さんに「今日でお別れだよ」と言われた。

固まった。次の瞬間私は、無意識に、自分の左右の指を丸くして、両目に押し当てていた。

こんな辛い思いをするなら、ずっと覗いておけばよかった。外になんて出てくるんじゃなかった。小田嶋さんは今月いっぱいで定年で、伊達から埼玉に戻るこの便が最後の運転になるとのことだった。私は小田嶋さんの今までの苦労も考えずに「まだ働けるじゃん！まだ働けるじゃん！」を連発した。小田嶋さんは優しい笑顔で私の頭を撫《な》でながら、「うんうん」と聞いてくれた。

「最後にバス、乗るかい？」

小田嶋さんの優しさ。こうでも言わないと私はどうにもならないと思ったんだろう。

私は初めて自分の生まれた街を離れた。その日は乗客がゼロで私の貸し切り状態だった。交代するドライバーさんが座る席に座らせてもらって、埼玉までの数時間、小田嶋さんとずっと話をしていた。一人の人とあんなに長い時間、話をしたのはあの日が初めてだった。

埼玉に着くと小田嶋さんは私にお金を渡してきて、「これで帰りなさい」と言ってくれた。なんでかわからないけど、バスに乗って埼玉に向かっている時から、帰るつもりは全くなかった。小田嶋さんと暮らす気満々だった。

小田嶋さんは「そんなのダメだ。君が良くても私が捕まるやつだ」と言った。

小田嶋さんは絶対に帰らないという私を車で家まで送ってくれた。私のせいで短時間に伊達―埼玉間を二往復させてしまった。
そこからの一年、私は死に物狂いで勉強をした。埼玉の大学に入学する以外に私が小田嶋さんの近くで暮らせる方法はないと思ったからだ。
今になって冷静に考えてみても、なんであんなに小田嶋さんと一緒にいたかったのかはわからない。恋、では当然ない。相手は六十五歳のおじいさんだ。執着、って言えばいいのかな。家の中から一度も出たことがなかった私が初めて向き合った人間。初めて心を許した人間。その相手に対する異常な執着みたいなものだったんだと思う。

ここからの私は常軌を逸していた。

勉強を始めて二年で私は無事、埼玉の大学に合格。小田嶋さんが暮らすアパートの向かいのアパートに部屋を借りて私の学生生活はスタートした。勉強は学校で済ませ、家にいる時は丸くした指を目に当てて窓から小田嶋さんを眺める。勉強に費やした二年間は一度芽生えた人とのコミュニケーション能力を完全に奪っていた。引っ越すことは小田嶋さんには告げていなかった。驚かせたくて。私が向かいに住んでいるとわかった時の小田嶋さんの表情。今でも覚えてる。あの頃の私には、嬉し過ぎて驚いていたようにしか見えていなかったけど、あれは恐怖の果ての絶望のような顔だ。小田嶋さんはとても質素な暮らしをしていた。家族はなく、いつも一人。バス会社に勤務している時の人当たりの良さや、急に話しかけられても誰も不快に感じないだろうなと思わせる柔和な表情が見られることはほとんどなかった。

あえて話しかけなかったわけではないんだけど、小田嶋さんを鑑賞するほうに私は楽しさを見いだしてしまっていた。来る日も来る日も丸くした指を目に当てて覗き続けた。

眼圧依存というらしい。レンズ越しに何かを覗くことに快感を覚えてしまった人は、その時の目にかかる圧力が体に染みついてしまい、抜けられなくなるそうだ。

四年間覗き続けた私は、『小田嶋さんの生活』という卒論を書いた。

やがて卒業が決まり、私は小田嶋さんに会いに行くことにした。卒論を手渡したかったから。

卒業式の日、私は晴れ着姿で小田嶋さんの家を訪問した。

が、そこに小田嶋さんの姿はなかった。隣りの方に聞いたら前日の深夜に引っ越していたようだった。

　不動産屋に連絡をしてみたが当然、引っ越し先を教えてくれるわけもなく、なんの手立てもなかった。四年間観察し続けた小田嶋さんの生活の記憶をさかのぼってみたけどなんのヒントもない。

　私は伊達市のバス会社に向かった。顔見知りの職員さんがまだ残っていて、小田嶋さんから何か聞いてないか問いただした。晴れ着姿で捲《まく》し立てる私に、職員さんはただただ圧倒されていた。その時ふと、一人の職員の方が、「小田嶋さん、山形出身だったよね」と言った。

　思い出した。小田嶋さんの最後の運転の日、二人きりでずっと話したあの夜。確か小田嶋さんは、「いつかは山形に帰りたい」と言っていた。

　今年の三月、山形の大学の大学院を受験して合格した。

　小田嶋さんが山形にいるかどうかもわからない。仮にいたとしてもこの街にいるとも限らない。この一年、勉強しながら少しだけ冷静になれてどうかしていた自分に気がつけた。でも気がつけた上で、やっぱりもう一度、小田嶋さんに会いたい、見たいと思っている。

　小田嶋さんに関しての情報を持っている方がいたら連絡いただけますか？

何かの手がかりを得られたらと思い、まだまだ若輩者の私ですが今回ここでこうして、自分の半生を振り返らせてもらいました。

昨日、ちょうど山形への引っ越しが完了しました。夜行バスに揺られて。

小田嶋さん、会いたいです。

栗原典子

第十話『ヨウコさんへ』

西田尚美と言います。こんなふうに文章で自分のことを書くのは初めてです。まさかまさか、自分に女優の人生が待ってるなんて思いもしませんでした。

色んな現場で一緒になる女優さんに必ず聞く質問があります。

「なんで女優になろうと思ったの?」

人の人生の話を聞くのが好きなんです。どっちかと言うと自分のことを話すよりも、聞くことのほうが好きで。十年来の友人からも急に、「ふと思ったんだけどね、私、尚美のこと全然知らないの」なんて言われることもしょっちゅう。

女優になったきっかけを聞くのには理由があって。

それは、私は女優になろうと思ってなったわけじゃないからなんです。女優になるしかなかったからなんです。

主人にも子どもにも親しい友人にも、誰にも話したことのないお話をここで書かせてもらいます。

私は広島の福山で生まれました。子どもの頃の遊び相手は母親でした。母はほぼ毎日、ある人のお見舞いに行ってたんです。小学校に入る前だったので、四歳か五歳の頃だったと思います。私も母に付いて毎日病院に行っていました。だから近い年頃のお友達がいなかったのかも。今はもう取り壊されてしまったのですが、家から歩いて二十分くらいの距離にある白くて大きな病院でした。晴れた日は歩いて、雨の日はバスでそこに毎日通いました。病院に着くと大きな階段を母と手を繋いで何段も何段も上りました。数を数えられるようになったのも時計を見られるようになったのも病院でした。白い服が好きになったのも、毎日、看護師さんを見ていたからなんだと思います。だから病院って私にとって全くネガティブな場所じゃなくて。今でも初めて降りた駅で気になる病院があったらふらっと入ってしまうんです。

母との関係性はわからないのですが、母が毎日訪ねる病室にはとても綺麗な人が入院していました。母はその人を「ヨウコさん」と呼んでいました。病室の入り口の白いプレートに漢字で名前が書かれていたのですが、読めなかったので正確な名前は思い出せないのです。でもヨウコさんという呼び名と、白いプレートに書かれた漢字が、すごく美しくて、幼いながらに、私もこんな名前なら良かったのになぁと思った記憶はあるんです。

初夏の昼下がりにお見舞いに行った時に見たヨウコさんは本当に綺麗でした。風で揺れる病室のカーテンの隙間から射す日差しがヨウコさんの顔を時折照らすんです。あまりにも綺麗な光景だったので、私は拍手をしてしまったことがありました。人生で初めての拍手がいつだったかなんて覚えてますか？　私はあの日が初めてでした。

　ヨウコさんの病室には紙粘土で出来たお人形が飾ってありました。それだけははっきり覚えてるんです。年を取ってからわかったのですが、多分、ポルセレーヌ人形だったと思います。ヨウコさんはそのお人形のことを「マリー」と呼んでいました。母が病院の玄関で先生と話し込んでる間、一人でヨウコさんの病室まで行ったことがありました。病室に入ろうとしたら、ヨウコさんの話し声がしました。中を覗いてみると、人影はありません。ヨウコさんはマリーに話しかけているようでした。口調がとても優しくて、私ともあんなふうに話してほしいな、と嫉妬したことがありました。

　一度だけ一人でお見舞いに行ったことがありました。

　その日は母が何か用事があって、一人で留守番をしていました。一人で外出して父から強く叱られたことがあったので、留守番をしている時の私に、外に出かける、という選択肢はありませんでした。でもその日はなぜか朝からヨウコさんのことばかり考えてしまっていました。母が家を出て一人になった瞬間、私は家を飛び出しました。

　片道二十分近くの道を一人でどうやって歩いたのかは全く覚えてないんです。気がついたらヨウコさんの病室の前にいました。中に入ると、ヨウコさんは眠っているようでした。

綺麗でした。拍手をしかけましたが、起こしちゃいけない、と思い手をすっと下ろしました。その時に微かな音をさせてしまったのか、ヨウコさんは、一瞬目を覚ましたように見えました。

「マリー…？ マリーなの……？」

と、私に声をかけました。とっさに私はマリーのふりをしなくちゃいけない、と思い、動くことをやめました。本物のマリーはヨウコさんの枕元の棚の上でこっちを見ています。ヨウコさんはマリーのふりをした私にずっと話しかけてくれました。その口調は私が羨《うらや》んだあの口調でした。ヨウコさんは何かを話そうと口を開く時、ほんと優しく幽《かす》かに、ぴちゃっ、という音がするんです。ヨウコさん越しに見える本物のマリーに初めて優越感を感じました。何時間でもマリーでいたいと思いました。

ヨウコさんは微笑んでいるのか、眠りの中で薄く開いているのかわからない切れ長の優しい目で私のほうをずっと見ています。そして私のほうに手を差し伸ばしてきました。

「マリー……こっちに来て」

ばれてもいい。あの手に触れてあげたい。そう思いました。多分一メートルもなかった距離を私は自分の意識と気配を消して、少しずつ、少～しずつ、ヨウコさんのほうへ近づきました。そしてやっとヨウコさんの手に触れることができました。

「マリー……会いに来てくれたのね」

触れた喜びからか、一瞬自分が出かけたのですが、「あ！いけない！」と思い、すっと自分を閉じ込めて、マリーでい続けました。初めて触れたヨウコさんの手は、冷たいんだけど、あったかくて……とても不思議な感じがしました。

どれだけの時間、マリーでいたのかわかりません。どれだけの時間、ヨウコさんと過ごしたのかわかりません。この日がヨウコさんに会った最後の日になりました。

高校を卒業する直前に母が私に渡したいものがある、と一通の封筒を私の前に置きました。「誰から？」と聞くと予想していなかった名前が母の口から出てきました。

「ヨウコさん」

自分の中の記憶から薄れ始めていた名前でした。小さな頃の記憶だったので、実際の記憶なのか夢のようなものだったのか、自分の中でも整理し切れず置き所に困っていたのです。母の一言で、やっぱりあれは現実だったんだと確信しました。

尚美ちゃんへ

このお手紙を読んでくれた尚美ちゃんは何歳になっていますか？
お見舞いに来ても無口な尚美ちゃん。
私がマリーに話しかけているのをこっそり覗き見していた尚美ちゃん。
たまぁに突然拍手をし出す不思議な尚美ちゃん。
私にこの先どんな運命が待っているかなんかよりも、貴女のことが心配で心配で。
あの日、手を握ってくれたのは、尚美ちゃんよね？
本当にマリーが会いに来てくれたと思ったの。
初めて尚美ちゃんがお見舞いに来てくれた時、マリーかと思ったの。
嘘じゃないのよ？
マリーになってくれてありがとう。
私の夢を叶えてくれてありがとう。
貴女の眩しい時間を、たくさん病院に費やさせてしまってごめんなさいね。
でも貴女が来てくれた日は、毎日眩しかった。

素晴らしい時間をありがとう。

漢字、たくさん書いてごめんね。

でも、貴女ならきっと、読めると思う。

また会えることを祈っています。

朝香曜子

このお手紙を読んだ時、懐かしさとか嬉しさよりも、悔しさがまず最初にこみ上げてきました。もし私があの日、ヨウコさんの病室でマリーに成り切ることができたら、〝曜子さん〟はマリーに会えたという思い出と共に旅立つことができたと思うんです。マリーじゃなくて私だったと気づいた時、どれだけ曜子さんをがっかりさせてしまったのかと思ったら……。それなのに私にありがとうだなんて……。悔しくて涙が溢れてきました。

手紙を置いた次の瞬間、私は母に「東京で女優さんになる」と告げていました。

自分が何かに成り切ることで人に感動や笑いや喜びを与えることができるこの職業に就

けたのは紛れもなくヨウコさんのおかげなんです。あの、小さな頃の、ほんの数カ月の出来事が私の今の人生を決めたんです。

取材で自分の代表作、転機となった役はなんですか?と聞かれることがよくあります。そういう時、決まって私は「マリーです」と答えます。

「あの子」たちの声

第一話『私と一輪車』

【名前】今野綾華さん
【職業】美容師「SHE.」クリエイティブディレクター
【居住地】福島県出身→東京都→山形県酒田市→山形県鶴岡市湯野浜

「私の想像を超えるほど壮大なストーリーで、写真を撮られただけなのになぜか女優にでもなったかのような気分です。私の人生に一輪車なんて全く関係はないけれど〝直立不動〟という一輪車の技の言葉の意味は、私の人生に深く関係があるような気がしました。『何もせずに直立するのは不可能なので、前に後ろにこまめにペダルを漕ぐ』。確かに人生ってそういうものなのかもなと思いました」

第二話『母と別れて三千里』

【名前】佐藤真理子さん
【職業】ニット製造会社勤務
【居住地】千葉県→メキシコ→千葉県→東京都→山形県寒河江市

「小説を読んでいると、千葉、東京、メキシコがすぐ隣同士にあるように感じて愉快で楽しい気持ちになりました。その一方で広いようで狭い世界にいるなと思いました。もっと色々なところに行ってみたいです!」

第三話『私のばあば。私はばあば』

【名前】吉村美和さん
【職業】郷土料理店スタッフ
【居住地】鹿児島県指宿市→神奈川県足柄下郡箱根町→広島県廿日市市宮島町→鹿児島県指宿市

「この撮影のお話をいただく二日前に祖母が夢に出てきたんです。久しぶりに祖母が夢に出てきたので、起きてすぐにお線香をあげたんです(笑)。以前も、何か不思議なことが起こる時に、夢に祖父母が出てくることがあって。なので、ちょっと警戒していたら、この撮影のお話がきたんです! そして文章を読んだら、すべてフィクションのはずなのに、祖母が先回りしてコラムを読んだんじゃないか? っていうほどリンクする部分があって。笑いながら、涙しながら読みました。大好きな祖父母と私の思い出がひとつ増えたようで、とても嬉しいです」

第四話『ギターに出会って変わった私の人生』

【名前】五味文子さん
【職業】音楽家、鍼灸師
【居住地】山梨県甲府市→ハンガリー→沖縄県→東京都→ベリーズ→東京都→山梨県の山奥

「子どもの頃、自然の中で自由に過ごした体験はその後の人生の大切な宝になったと感じています。音楽を演奏するのも施術をするのも、野生の感覚を信じてやっています。歯医者の待合室で、この文章を初めて読んで、思わず吹き出してしまいました。読み進めていくと、途中からじろうさんの文章が真実で、自分のこの記憶は、うそなのではないか？と心配になるくらい、なぜかリアルな我が半生が描かれていました。鍼治療、うたを歌いながらやったほうがいいですね（笑）。少し真面目に生きすぎてしまっていたかも知れないです」

第五話『冬子と元・冬子』

【名前】是恒さくらさん
【職業】作家、会社員
【居住地】広島県→埼玉県→アラスカ→ワシントン→山形県

「父の自由奔放なところとか、アラスカの人たちの行動が、私が知っている人たちの様子をそのまま描いたようで、とても懐かしくなり、遠くの家族や友人たちに会いに行きたくなりました。自分で振り返ってみても移動の多い半生だったなあと思います。ひょっとするとこんな生き方もあったのかもしれない、とすごく愉快な気持ちです。私は銃には夢中にならなかったけど、他のものごとに今でも夢中になっていて、それを続けてきたからいろんな土地に行けたし、出会えた人たちがいる。これからどこへ行けるのか、楽しみです！」

第六話『あたいを変えた、タイウーマン』

【名前】仙田なおさん
【職業】ヨガ講師
【居住地】神奈川県横浜市→山形県→アメリカ・シカゴ→横浜市→スペイン→ポルトガル→オーストラリア→インド→オーストラリア→横浜市

「スカジャンの世界観、そこかーっ!と思いながら読みました。うかつでした、あれ羽織っちゃったこと。選んだわたしが物語の序曲を作り出していましたね（笑）。この物語をたくさんの人が楽しんで読んでくれたなら、夜の黄金町でスカジャンキメた甲斐があるなあと思います。それを願って」

第七話『私の国のこぅた』

【名前】浅井晶木さん
【職業】アートディレクター
【居住地】アメリカ・テキサス州ヒューストン
→東京都

「私は、幼い時に帰国したので、ヒューストンのことは何も覚えていないのです。だけど記憶って、親から聞く話や写真に写っている光景があたかも自分の記憶だと思っていたりするので、いま覚えているこれまでのことも、どの程度自分自身の記憶なのかはわかりません。これまでの人生は節目ごとに生活スタイルが大きく違い、そのどれもが私自身なのだけど、いつでも〝今の自分〟を確認しながら生きていることは小説と同じでした。あと、振り返ると息子に助けられていた、というあたりも同じなのかもしれないです」

第八話『ラッキー集め』

【名前】宇都宮綾子さん
【職業】バーンロムサイボランティアスタッフ
【居住地】東京都→千葉県→沖縄県→フィリピン→沖縄県→チェンマイ

「この連載を楽しく読ませていただいていたので、私が主人公になるとしたら、とんでもない自分が出てくるんじゃないかとドキドキしていましたが、実際に登場していたのは、今の私には少しまぶしい自分でした。でも、実はどこかにこんな自分がいたらいいなって、パラレルワールドがあるならこのギャンブラーな自分がいてほしいなって。ラッキーかラッキーじゃないかで物事を決断するちょっと短絡的な性格にも親しみを感じます。今回の撮影も楽しかったし、じろうさんに妄想小説を書いてもらえるなんて私もラッキーですね！　私もラッキーをみんなにあげれたらいいな、なんて思いました」

第九話『夜行バスに揺られて』

【名前】栗原典子さん
【職業】大学院生
【居住地】福島県伊達市→埼玉県→山形県

「コレ本当に私じゃん!!と思ってびっくりしました。高校を休学していた時期も楽しんでいたし、皆が言う〝当たり前〟とかナニソレ!?と思っていたし……途中までは共感しながら、本当に自分自身だと思って読んでいたのですが、途中からぶっ飛んでるとんでもない人間だ!!と思い、彼女の極端で大胆なところに逐一驚きながらも爆笑していました。彼女の執着心が外に出る活力になって、勉強して、大学院にまで進んじゃって（今度はどんな論文書くのよ）小田嶋さんに会ったらその後の彼女はちゃんと外に出るのか少し不安ですが……冷静になった彼女なら大丈夫なはず！　小田嶋さん、これ読んでくれてますか？」

第十話『ヨウコさんへ』

【名前】西田尚美さん
【職業】女優
【居住地】広島県福山市→東京都

「読みながら、なんだか不思議な気持ちになっていました。じろうさんが、私の事をどれだけ知っているのかわからないけれど、物語の中の西田尚美は、うっすら私にリンクしているところがあって驚いたのです。お話するより聞く事の方が好きな事や、私の母は私が小6の時から入院していたので、病院には何故かとても馴染みがあったことや、自分から思い立って一度だけ、一人でお見舞いに行った事。そんな事ご存知だったのでしょうか？　本当にびっくりして、ヨウコさんからのお手紙には涙してしまいました。私の母はジュンコでしたけど。『ヨウコさんへ』を読み終わってなんだか感激して、この役出来るかなぁ、初めての拍手とかやってみたいなぁ、どう演じようか、もう今ならヨウコさん役かな、と女優みたいなことを思ったのでした」

おわりに

仕事で新幹線に乗ることが多い。田舎を走る新幹線から見る景色が好きだ。沢山の屋根が見える。どんな人が住んでいるのかな。なんでこんな田舎に家を建てたのかな。家を建てるまでどんな苦労があったのかな。似たような家が並んでいるけど、間違って帰ることとかあるのかな。子どもに個性的な家が良かったとか文句言われるのかな。妥協したのかな。家の前の赤い車は誰が乗っているのかな。奥さんの趣味なのかな。子どもは大きくなったら東京に出るのかな。

屋根の数だけ物語がある。

東京にいる人のほとんどが何かを追って、何かを背負って出てきた人だと僕は思っている。

東京は夢を持った若者にとって憧れの場所でもあるし、夢を食い物にされる場所でもある。

東京に出てきて二十年になるが、未だに「住んでいる」というよりは「何かやるためにいる」という感覚が強い。絶賛出稼ぎ中だ。魂は故郷にある。早く帰りたい。


上野に来ると勝手に色んな感情を想像してしまい、息が止まりそうになる。

上野というのは僕ら東北人にとって東京の玄関口である。僕も子どもの頃、家族で寝台列車に乗って遊びに来たものだ。駅構内に天井が高くてだだっ広いスペースがあるのだが、あそこを通る度に、今までどれだけの数の人間が色んな思いを抱いて、ここを通ったのだろうと想像してしまう。

十四年前くらいだと思う。母と上野を散歩したことがあった。その時、母が初めて大学卒業後一年くらい上野に住んでいたという話をしてくれた。驚いた。生まれてから一度も弘前を出たことがないと思っていた。花屋さんに住み込みで働いていたらしい。ちょうど叔父（母の弟）も日本橋の蕎麦屋で修行をしていたので、休みの日は一緒に百貨店に行った話なんかもしてくれた。

母も一年だけ住んでいた上野。一年で帰ったのも母らしい。僕にとって特別な場所だ。

さて、約1年ちょっと続いたこの連載が本になった。

「あとがき」というよりも「まえがき」としたい。この本に関して言えば。

毎月、お会いしたこともない女性の写真が送られてくる。そこには、その人の名前と年齢と居住歴が書かれている。そして、今回はこの女性のお話を書いてください、と言われて書いていた。

冷静になって考えてみた。自分は一体何をさせられていたんだろう。

僕に好き勝手書かせてくださった十人の女性に改めてこの場を借りて感謝の言葉を。

ありがとうございました。

僕は女性が大好きです。いつまでも、男性にとって愛しい存在でいてください。

二〇一八年八月

じろう（シソンヌ）

じろう（シソンヌ）
青森県弘前市出身。2006年4月に結成したシソンヌのボケ担当。よしもとクリエイティブ・エージェンシー所属。東京NSC11期生。2014年第7回キングオブコント王者。演技力の高いコントを得意とする。執筆業は雑誌コラムのほか、ドラマ『卒業バカメンタリー』（日本テレビ系）、映画『美人が婚活してみたら』（2019年公開予定）の脚本も手がける。著書に〝川嶋佳子〟名義で自身初の日記小説として書籍化した『甘いお酒でうがい』（KADOKAWA）がある。
http://sissonne.jp

サムガールズ
あの子が故郷に帰るとき

2018年8月31日初版発行

著者：じろう（シソンヌ）
発行人：藤原寛
編集人：松野浩之
撮影・キャスティング：志鎌康平
装幀：小板橋基希（akaoni）
題字・イラスト：堀道広
ヘア&メイク：茅根裕己（西田尚美）
編集：菅原良美（雛形編集部）
企画・構成：井澤元清

発行：ヨシモトブックス
〒160-0022
東京都新宿区新宿5-18-21
TEL 03-3209-8291

発売：株式会社ワニブックス
〒150-8482
東京都渋谷区恵比寿4-4-9
えびす大黒ビル
TEL 03-5449-2711

印刷・製本：株式会社光邦

本書はローカルライフ・ウェブマガジン「雛形」の連載企画『あの子が故郷に帰るとき』を改題し、加筆・修正。さらに書き下ろし一作品を加えたものです。
また、この物語はフィクションです。登場する人物・団体・名称等は架空であり、実在のものとは関係ありません。

ISBN978-4-8470-9701-0
C0095